平安文学五十年

片桐洋一

和泉書院

前　口　上

片桐洋一先生は、わが国を代表する国文学者のお一人である。先生のお仕事の範囲は、『古今』『後撰』『拾遺』の三代集に、数々の平安私家集、そして『伊勢』に『竹取』『宇津保』『源氏』と、まことに広く、かつは、その方法も、伝本研究・表現研究・成立論に注釈と、多彩を極めておられる。

先生が初めて出された論文は、昭和二十九年九月『国語国文』(京都大学国語国文学研究室)に掲載された「宇津保物語の構成」であり、爾来、今日までほぼ半世紀に近い月日が経過したことになるが、この間先生は、文字どおり倦まず、弛まず、着実に研究成果を発表し続けられ、単行本に限っても、すでに百冊に近い本を、世に送り出してこられたのである。

ところで、先生の研究活動の歴史は、ほぼそのまま、戦後の国文学界のあゆみの歴史でもある。そこで、この際、先生ご自身の活動の跡を振り返っていただくと同時に、長い研究生活の中で出会った人々や本にまつわる思い出、さまざまな学会・研究会の発足の経緯、また一時代を画した叢書の出版にかかわった話などについて、思う存分先生に語っていただくべく、関西大学ご退職の日も近づき、研究に教育にと、相変わらずご多忙な日々を送っておられる先生の研究室にお邪魔してインタビューした、その記録が本書である。

このささやかな本が、片桐洋一という類希なる国文学者の人となりを、さらには、その国文学世界の魅力を、十分に読者諸氏に伝えることができていれば、幸いである。

なお、本書が世に出るまでの過程で、インタビューの録音やら原稿起こしに際して、多大な援助を惜しまれなかった藤川晶子・中葉芳子・高木輝代・泉紀子・岸本理恵・三木麻子の諸氏に、心からお礼申し上げたい。

平成十四年一月

田中　登

目次

1　国文学を専攻するまで

〈小学校時代〉

――先生は昭和二十五年（一九五〇）に京都大学に入学されましたが、まず京都大学入学以前、戦中から戦後にかけて、中学校から高校時代の読書体験とか、国文学体験などを少しお話しいただきたいのですが。

片桐　細かく言うと、切りがないのですが、戦争、敗戦、そして外地からの引き上げ体験が、国文学を専攻したことと、やっぱりつながってるんじゃないかと思うことがありますので、それだけは言いたいと思います。

――では、小学校の頃からお願いします。

片桐　私が小学校四年生の時に、日本は太平洋戦争に突入したのですが、昭和二十年（一九四五）、中学二年の時に敗戦になりました。私は、小学校一年の時から父親の仕事の都合で、今の中国東北部、昔で言う満州へ行き、そこで小学校一年の二学期から中学三年までを過ごしたんですが、その頃は日本の植民地ですから、日本人は比較的豊かな生活をしていました。しかし、そこで生活している日本人は、土地を持っているというような人ではなく、勤務の都合で日本から赴任していた人が中心ですから、頼るものがない。現在のサラリーマン社会と同じで、結果として非常に教育熱心でして、中学校、その時代は旧制中学校ですけれども、私の行っていた奉天第二中学校も、いわばエリート校で、旧制の一高とか、当時はそれと同じ程度に難関であった海軍兵学校・陸軍士官学校にもたくさん合格していて、合格者名を廊下にずらっと貼りだしているような受験校だったんです。しかし、私は中学校へ入学して実際に勉強した記憶はほとんどない。何故かというと、当時「勤労動員」といって、中学一年から農村や工場へ労働のために行かされていたからです。

今考えたら大変なことなんですけれども、人間というのは、勉強できない状況にいれば無性に勉強したくなるものです。私の場合は、「本を読みたい」という気持ちが非常に強くなりました。だから色々なものを読んでいたんです。小学校の時は、江戸川乱歩とか、銭形平次とか、そういうのが多かったんですけれども、しかし、読む量はすごかった。何でもかんでも、母親が読んでいた婦人雑誌なんかまで、時間があったら読んでましたね。

〈中学校時代〉

――中学校時代はどのようなものを読まれていたんでしょうか。

片桐　中学校に入ってからは、『日本文学全集』『現代日本文学全集』『世界文学全集』などを手当たり次第に読んでいたものです。いわゆる学校の勉強はあまりしませんでしたけれども。

――なるほど。

片桐　しかし、決して平穏な中で読書に没頭していたわけではありませんでした。

――といいますと?

片桐　昭和二十年(一九四五)の八月のはじめから、空を見ていると、日本の大きな飛行機がどんどん南の方へ飛んで行く。「南の方では戦争が厳しくなってきたから戦いに行くのかなあ」と思っていたんですが、これは軍の偉い人が、ソ連軍の侵攻や日本の敗戦を予見して日本に逃げていたんだということが後でわかりました。ソ連軍が入って来たということで、私らは八月八日ごろに貨物列車、それも屋根のない無蓋車に乗せられて、南の方、今の北朝鮮の平壌(ピョンヤン)の近くに避難することになったのです。男の人は後に残ったので、子供と奥さん方だけ。私は中学二年ですが、男なので、仕事と責任を押しつけられました。行ってしばらくしたら八月十五日の敗戦ですから、支配関係が逆転して収容所へ入れられました。その収容所生活で、私は妹が二人いたけれども、二人とも栄養失調で死んでしまって、弟と二人しか残ってない。口に言えないような敗戦国民の生活でした。日本人難民の第一号ですね。

それでも、父親が鉄道運輸関係の仕事をしていたせいもあって、他の人よりも先に旧住所に帰りました。今の瀋陽、昔は奉天といっていましたが、旧満州の中では日本人が特に多い所でした。しかし、ソ連軍に占領されて、女の人は外へ出たら暴行を受けるので、絶対に外に出られない状況でした。だから、女の人は、頭を丸刈りにして男みたいに扮装して、顔をわざと汚したりして男装をしていたのです。

——では、そんな環境の中でどのようにして読書をされていたのでしょうか。

片桐　しばらくたって十一月頃に日本人の学校が再開したのですが、学校はソ連軍に占領されて兵営になっているので、使われていない日本人の建物を借りて、リンゴ箱（当時はすべて木製）に向かって勉強するのです。一日三時間ほどの授業を受けるのですが、通学の途中でソ連兵につかまって強制労働をさせられることもありました。というわけで、あまり外へ出ないで、先程述べましたような本を家で読んでいました。

——他に読まれていたものはありますか。

片桐　先程言いました全集のセットのほか、『谷崎源氏』がどういうわけか家にあって、読み耽りました。旧訳ですから、カットされている箇所があちらこちらにあります。全部読みたい、原文で読みたいというその時の気持ちが今日平安文学をやっていることにつながっているのかも知れません。

『現代文学全集』の方も、芥川龍之介はもちろんのこと、高見順とか、古いところで、里見弴とか、有島武郎のものなどが印象に残っています。暇をもてあましていましたから、よく読んで暗誦しているところもたくさんあります。とにかく敗戦のおかげで、文学的関心は他の人よりは早熟だったと言えるんじゃないかと思います。

――なるほど。

片桐　というわけで、中学一、二年はほとんど学校へ行ってないので学力はありません。中学三年の夏に引き揚げてきて、兵庫県立明石高校、その時は中学校、へ編入させてもらいましたが、担任の先生は「そういう状態だったらとても三年生に入るのは難しい。二年生のクラスに入りなさい」と言われたんだけれども、「無一物で引き揚げてきて、家に経済力もなく、生活がたいへんなんで、早く卒業したい」と、その頃は卒業して働かないといけないと思っていたので、とにかく早く卒業したいと思っていましたので、「わからなくても構いませんから、とにかく三年生に入れて下さい」と無理に頼んで中学三年に入ったんですけれども、やはり何もわからなかった。たまたま非常によくわかったのが国語だけでした。読書量が多かったせいだと思いますが、これが、国文学を専攻することになった理由かも知れません。

そんなわけで、人間は好きなものに関心が向くというか、できるものしか好きになれないというわけで、転校して数日目に『土佐日記』の解釈に新説を出した記憶があるんですけれども、中身は全然覚えていません。ただ、先生がびっくりしたということだけは覚えていますが。

〈大学時代〉

――その後、京都大学に進学されましたが。

片桐　はい。そのようなことでしたから、現役で京大へ入るのはとても無理だと思っていたんですけれども、入ってしまいました。アルバイトのために修学旅行へ行けなかったというようなコンプレックスを、うまくがんばりに転換できる能力を持っていたようです。逆境をうまくプラスに変えて、とにかく現役で京大に入ったというわけです。

――大学生活はいかがでしたか。

片桐　京大へ入っても、相変わらずアルバイトが忙しかったのですが、一年の頃は雰囲気になじめなかった。その頃は左翼・共産主義の全盛時代で、大学全体がそういう雰囲気でした。クラブ活動も文化系はみな左翼思想で動いていました。しかし、敗戦時、外地にいてソ連・中国の人たちの生活を見てきたから、その思想はまったくのまやかしだと私は思っていました。極端に言えば、ソ連軍の将校は給料をトランク一杯もらっているんですけれども、下っぱの兵隊は封筒に入った給料でした。目の前でそれを見てきたから、共産主義なんてものは、平等だと思っているけど、そんなことはない。権力者とそれ以外の人との格差はすごいのです。自由も何もないんです。まさに管理社会です。共産党や左翼文化人が「共産主義になったら、自由になります」とか言うのは、「何を言ってるんだ、わかっていないなあ……」と思っていました。それ以来、左翼文化人というのが大嫌いになりました。学生の間でも、左翼的思想を持っていなかったら時代遅れだという雰囲気でしたから、文化活動に背を向けて、一人で映画ばかり観ていました。

――どんな映画をご覧になっていたのでしょうか。

片桐　当時、映画は非常に安かったんで、週に四回ぐらい観てました。敗戦直後ですから、新作は輸入されてないので、昔輸入されたフランス映画の「大いなる幻影」「パリ祭」「パリの空の下」なんかを見て感激していました。

――ほう。

片桐　そのうちに、大学の授業も好き嫌いが激しくなって、教職科目などは一度だけしか出ないで単位をもらったものもたくさんあります。一般教育では、歴史・哲学・社会心理学や人類学などに熱心でした。特に西田哲学を応用して試験の答案を書くと、どの先生も「優」をくださるのがおもしろく、体育講義まで西田哲学を応用して試験の答案を書きましたが、本としてはハイデッガーやヤスパース、あるいはサルトルなどの実存哲学に関係する本をよく読んでいました。ちょうど人文書院から『サルトル全集』が出だした頃なんで、ほとんど全部読んでいたと思いますが、今はほとんど忘れてしまっています。このような大学一年から二年にかけての乱読が、その後も、どこかでプラスになっているとは思っていますが。

〈『源氏物語』との出会い〉

——何故そのような中で平安文学を専攻されたのですか。

片桐　一年生の終わり頃、たまたま丸太町の古本屋街を歩いていて、『源氏物語構想論』という本を買いました。特に『源氏物語』に興味があったわけではないんですけれども、「京都大学国語学国文学研究室編」と書いてあるんで、京大の国文学ってどういうことをしてるのかなと思って、買って読んでみたのです。他に京大教授である澤瀉久孝先生の『萬葉古径』と、もと京大教授であった吉澤義則先生の『源語釈泉』というような本も買いました。京大の文学部は、入ってから二年の後に専攻を決めるんですけれども哲学や心理学に興味は覚えていても、どこかでやはり国文学を捨てきれてなかったんじゃないかとも思います。澤瀉先生の本なんて「どこが面白いのかな」と思ったり、吉澤先生の方は現在は評価してるんですけれども、その頃はまったく評価してなくて、「こんなつまらんことやって……」と思っていたのですが、たまたま、その『源氏物語構想論』を読んで、「あ、これはおもしろい。これこそ研究というものなんだ」と思ったんですね。

——どういうことですか。

片桐　表面的な事実を明らかにする研究とは違って、『源氏物語』がどういうふうに出来上がったかということを論理的に推理したり、五十四帖がどのような構想で書かれ、どのような構成を持っているかということを追求している論文が並んでいました。特に、その中でも、玉上琢彌先生の「源語成立攷」と「昔物語の構成」という二つは大変おもしろかったし、やはり論文は思いつきやひらめきとともに、論理的に究明して説明されなくてはいけないと思うようになり、「これこそ学問だ」と突然思ったんです。

――なるほど。

片桐　これは面白いと思っているうちに、しばらくたって学界で「源氏物語成立論」についての論争が盛んになりました。これは武田宗俊さんという人の説で中心になったもので、後には岩波書店刊の『源氏物語の研究』という本にまとめられてますけれども、その頃は岩波の『文学』という雑誌を中心にぽつぽつと発表されていました。

――どういったものですか。

片桐　若紫系の巻々、若紫・紅葉賀・花宴・葵・賢木・花散里・須磨・明石・澪標・絵合・松風などの巻々が出来上がって、その後、帚木・空蟬・夕顔・末摘花・関屋・蓬生という巻々や、玉蔓十帖が後から加えられたという説なのです。『源氏物語』五十四帖を、それまでは素直に桐壺からずっと続いて書かれていたと思い込んでいました。私が『源氏物語』を最初に読んだのは前に言ったように『谷崎源氏』の旧訳ですが、その後、与謝野晶子の『源氏』を読み、そろそろ原文で通読してみようかなあという気分になっていたけど、実はまだ全部は読んでなかったんです。けれども、このような『源氏物語』の成立に関する論文を読んで『源氏物語』全体を読もうと決心して、アルバイトも忙しかったけれど、五十四帖全部読みました。これが大学二年生の時ですね。

〈国文学専攻〉

——二年といえばゼミの選択の時期ですね。

片桐　そうなんです。二年生からは自分が専攻しようとする科目を少しだけ選べるのですが、私は遠藤嘉基先生の「国語学概論」と、野間光辰先生の近世中心の「日本文学史」、それにまだこの頃助手であった玉上先生の『源氏物語』の「講読」を受けていました。どの講義も、それなりに得るところはありました。実際は玉上先生の講義は論文の方がずっと面白いので、「講義はあんまり面白くないなあ」という印象で聴いていました。

——ほう。

片桐　けれども、そういうところでわかってきたことは、先程申しました武田宗俊さんの「源氏物語成立論」に今の玉上先生は反対しておられるということです。それは何故かというと、先生自身が言い出したことだったのに、最近の学界が、今、得意気に言っているから御機嫌が悪いのだと、その頃は大学二年生で何もわからないんですけれども、何となくこう思っていたのです。玉上先生は帚木・空蟬・夕顔が最初に書かれて、これを練習台にして五十四帖全体を作っていったんだと以前は考えておられたのですけれども、これと全く逆に、若紫系の巻々が先で帚木・空蟬・夕顔は後から補ったたんだという武田宗俊の説がもてはやされたので不愉快に思っておられた。そこで、「成立論的アプローチは何の意味もない」「キャンパスに油絵を書く場合、右の方から書いても左の方から書いても同じだ。『源氏物語』もどこから書かれたということは関係ない。あの独自な構成こそが問題になるのだ」とおっしゃるのですが、油絵は制作の途中で鑑賞することはないが、物語の場合は、一つ一つの巻を読んでそれで享受できるわけで読者の反応も分かりながら書き続けていけるわけですから、キャンパスに油絵を描くのとは根本的に違うのです。玉上先生御自身が『源氏物語』の巻々の短篇性を主張されていたのですから、矛盾しているなと、二年生の私は思っていました。

――なるほど。

片桐　しかし、この武田宗俊という人は荒っぽい論法を採る。玉蔓系より若紫系が先に書かれたことの根拠はただ一つ、玉蔓系に初めて出た人が若紫系に絶対出てこないこと。これは非常にはっきりしたことで、それだけを主張しておられればよかったのですが、自分の説を強めるために色々言うのが、皆いいかげんな、というか、こじつけなので、大事でないことは、あまり色々言わない方がよいとその時思いました。同時に、まずデータを整え、論理を立てて、仮説を立てて自らの認識を示すのが学問であり、ただ単に用例を挙げて説明するだけの国文学者が多いことをも批判的に見ていました。論理の展開によって眼前にないものを見えるようにすることこそが学問ではないのかというふうに思いましたね。そのように国文学の世界を批判的に見られるようになると、批判だけではなく、自分がそれをやらなければならないと思うようになりました。

――先生の研究の出発点になったわけですね。

片桐　ええ、そうですね。武田さんの「源氏物語成立論」にはもう一つ重要な論があります。藤壺が密通したことで『源氏物語』には最初会った時の実事が書かれていないのは、それを書いた巻が別にあったのだが、今は失われているという説です。藤原定家の『源氏物語奥入』の中には「一説」として「かかやく日の宮、この巻なし。空蟬は奥に込めたり」なんて書いてあるのをみると、桐壺の最後に世の人は藤壺のことを「輝く日の宮」と言っていると書かれているのですが、非常に唐突なんで、桐壺の巻が書き直される前に、「輝く日の宮」という巻があって、そこで光源氏と藤壺との最初の実事が描かれてあったのだけれども、今は無くなってしまったから、その代わりに帚木・空蟬・夕顔という巻を設けたんじゃないかという説なのですが、非常に説得力があるように、その時は思えました。というのも、「並びの巻」というのは、従来は中世の『源氏物語』研究の成果として、『源氏物語』五十四帖を整理したものとして捉えられていたのですが、ところが、この武田説に従いますと、並びの巻は成立過程を表すものとなる。つまり、既にある巻に並べて後補した巻のことになるのです。言い直せば先程言った玉蔓系というのが並びの巻になるわけですが、もと「輝く日の宮」があってその並びが帚木・空蟬・夕顔であったのが、やっぱり光源氏と藤壺の密通事件をリアルに描くのは刺激が強すぎると考えられて「輝く日の宮」の巻が省かれてしまった。その段階で帚木が一つ格が上がって並びの巻から正編の位置に入ったんじゃないかと言われている。当時から、私は、説得力があり、可能性が大だと思っています。

――玉上先生の論はそうではなかった、ということですか。

片桐　そうです。玉上先生は、そういう事件は描かないで読者に想像させるのが『源氏物語』の方法なので、始めから藤壺との密通事件なんてものが描かれてないんだ、思わせるように書いているだけなんだというような解釈でした。これも一つの考え方ではあるので、否定はできないのですが、ちゃんと書かれていたと考える方が自然なんじゃないかなあと思っていました。『源氏物語』の書き方は書かれてない部分が書かれてる部分を支えているのだという玉上説も非常に魅力的な説で、『源氏物語』の本質を十分に語っていると思うのですけれども、成立についてはむしろ始めからあったものを除いても成り立つところに『源氏物語』の特性を認めたいなあと。大学の二回生でやり始めたばかりで、そのような考えを宣言することも、人に言うこともなかったけど、心の中では思っていました。

――なるほど。

片桐　同じようなことが、『新古今集』時代の和歌研究の権威、風巻景次郎博士の「桜人」の巻についての研究にも言えます。今はないんですけれども「桜人」という巻があって、その後に玉蔓十帖が入れられたという仮説です。

こういうふうに昭和二十年代後半から三十年代の前半までは『源氏物語』の成立の研究が非常に面

白くて、そのために『源氏物語』を読んだというのが実情なんで、入学当初は心理学をやりたいとか哲学をやりたいとか思っていたのが、全部ふっとんでしまって『源氏物語』の研究をしたいと思うようになって、国語学国文学専攻に進んでいったわけなんです。

2　京都大学文学部国語学国文学専攻

〈恩師〉

――京大で国語学国文学を専攻されることになった頃のお話だったんですが、その頃の国語学国文学研究室のスタッフといいますと、非常勤も含めてどういう先生方だったんでしょうか。

片桐　専任の教授は関西大学と違って人数が少ないんです。野間光辰先生、この先生は西鶴を中心とした、近世文学の大学者なんですけれども、「とにかく君たちは日本の国文学研究を駄目にしないために僕（野間先生ご自身）の時間を採らないようにしてほしい。しばらく休講するからみなそれぞれに勉強しよう」とおっしゃって、しばらくお休み。月に一回か二回、授業がある程度で、年に十回程度しかない年もありました。それに対して国語学の遠藤嘉基先生は非常に教育熱心で「何か質問ありませんか」といつもおっしゃる。野間先生も実は熱心な面もあって、よく文学散歩に連れていってもらいました。特に江戸時代の文人の墓参りがお好きでしたね。晩年になってからの随筆に『洛中独歩抄』という本があるくらいで、散歩がお好きでした。先程も言いましたように、授業は休講が多かったのですが、それだけに物凄く記憶に残っています。「談林俳諧史」の講義で、西山宗因が詠んだ発句の幾つかを今でも記憶しているくらいです。ずっと授業があるとだめでしょうが、たまにあると感激して真剣に聴くから全部頭に入っています。そういう面で、あまり教育熱心過ぎてもいけないのではないかと反省しながらも、どちらかというと、私は教育熱心で四十年やってきました。

大学４年生の時の東京訪書旅行（1953年）静嘉堂文庫にて。遠藤先生と野間先生のほか、遠藤先生の右後に若き日のドナルド・キーン氏の顔も見える。（信多純一氏撮影）

――他にはどのような先生がいらっしゃいましたか。

片桐　それから、他には遠藤嘉基先生が初めて『訓点資料と訓点語の研究』という本を出された。お祝いの会をみんなもち寄りでしようといって、私はエンドウ豆をたくさん買って行ったのを覚えているんですが、それで闇鍋みたいなものをしたのが印象に残っています。少し後ですが、野間先生も中央公論社から『西鶴年譜考証』という本を出された。その頃は一生のうち一冊か二冊、研究書を出せば大学者、本も四十歳代後半か五十歳代にならないと出せないのが普通でした。今のように、若い時から次々と本を出す時代ではなかったわけです。

――ほう。

片桐　文学部から大学院まで九年間京都大学に籍があったのですが、その間に指導を受けた文学部専任の先生はこの遠藤先生と野間先生のお二人だけでした。後は全部非常勤の先生です。中世和歌の大家で大阪市立大学教授の谷山茂先生、その谷山先生と親しかった大阪女子大学教授の山崎喜好先生。この方は俳諧の大家でその蔵書が山崎文庫として大阪女子大学の図書館に入っています。それから京大助手の時代に習った玉上琢彌先生が大阪女子大教授になられ、私が大学院に入ってから講師として来ておられました。また前後しますが、京大教養部教授として大学入学時から教えていただいていた池上禎蔵先生と阪倉篤義先生も忘れられません。池上先生からは主として国語学の方法論を学びましたが、あれだけ視野が広くて、あれだけ頭のよい先生は他に知りません。また、阪倉先生はその頃ちょうど創元社の『日本文法の話』という名著が出た頃でした。コンパクトなんですけれども、今でも文法を勉強する人にはぜひ読んでほしいと思われる本です。その他、角川書店刊の『語構成の研究』『文章と表現』も名著で、特に後者からは私自身大きな影響を受けています。このお二人の教養部の先生は、非常に幅が広い。阪倉先生は「片桐君に初めて『伊勢物語』を教えたのは僕だ」と、日本中

伊藤正義氏と
1954年（松蔭高校にて）

信多純一氏と
1953年（大学4年生）

どこに行ってもおっしゃっておられたそうで、私もあちこちでそれを聞いて感激しています。そのほか、非常勤講師として来ておられた小島憲之先生や岡見正雄先生からもよくお声をかけていただきましたが、講義には出ておりません。

〈同級生〉

――同級生にはどんな方がいらっしゃいましたか。

片桐　先程も述べましたが、大学へ入ってすぐの頃は左翼的な言辞で近付いてくる先輩や同級生に反撥していましたが、三年生になって国文学専門になってからは、親しく語り合える友人が出来ました。特に後に大阪市立大学に勤め、今は神戸女子大学にいる伊藤正義君、中世文学、特に能の権威です。もう一人は大阪大学教授で今は伊藤君と同じくに神戸女子大学にいる信多純一君。この人は近松を中心とする近世文学の権威です。この二人に私を加えた三人が、ある時期から京大昭和二十九年（一九五四）卒業の「三羽烏」と言われてたんですけれども、お互い意識していたわけじゃなく。幸いにして、伊藤君は始めから能をやると固く心に決めていたようですし、信多君はその頃から近松をやりたがってたんですけれども、近松をやるためにはそれ以前の古浄瑠璃をやらなければいかんということで、加賀掾の浄瑠璃をこつこつ勉強していました。

――そうですか。

片桐　私は先程も言いましたように、その頃は『源氏物語』をやりたかったんですけれども、『源氏』をやるためには、まず周辺を固めなければならないと思って『うつほ物語』を卒業論文で扱いました。三人がお互いに意識して中古・中世・近世に分かれたわけじゃないんですけれども、自然にそうなってしまいました。たまたま重ならなかったんですが、それぞれ分かれてやってて良かったなあと思うのは、その三人で色々話を雑談して、例えば卒業論文なんかでも、ある程度骨子ができたら彼らの前で喫茶店なんかで話をして、色々意見を聴いて、それで卒業論文も書けた。今でも、専門が異なる人をも納得させる論文を書こうと心がけているのは、この頃の影響です。国文学専攻は十数人しかいないんですけれども、この三人が結局大学院まで行って、いつも一緒に行動していましたね。

――他にはいかがですか。

片桐　そうですね。他の同級生には、長らく高等学校に勤めていて、後に『古今集』を研究した新井栄蔵君。龍谷大学教授で樋口一葉などの近代文学をやっていた山本洋君が学問の世界に残っています。

3　卒業論文と宇津保物語研究会

〈卒業論文〉

――先生は若い頃から『伊勢物語』の研究者として有名だったんですが、意外なことに、実は卒業論文は『伊勢物語』ではないということで、その卒業論文のお話をしていただきたいのですが。

片桐　先程も言ったように、『源氏物語』の成立論に魅せられて、国文学、特に中古文学をするようになったのですが、今さら『源氏物語』を題材にして、同じようなことをやってもだめだと思って、『源氏物語』の周辺をまず固めることにしました。その周辺というのは何かというと、『源氏』以前の物語、『竹取』『うつほ』『落窪』『伊勢』『大和』、和歌では『古今集』『後撰集』『拾遺集』、これに私家集もたくさんあります。そこで、まずは『うつほ物語』の研究をしよう、成立論に関連した形でしようと思ったんです。

――具体的に教えていただけますか。

片桐　はい。『うつほ物語』は「むかし、式部大輔左大弁かけて、清原の王《おほきみ》ありけり」と俊蔭の巻に始まっているし、その次の巻と言われている藤原の君の巻も「むかし、藤原の君と聞こゆる一世の源氏おはしましけり」で始まる人物の紹介から始まっている。これは一巻と二巻が直結した連続物ではなくて、やはりもともとは違う二つの物語であったものが一つにまとめられたと考えて論理を立てていったものです。ずいぶん昔のことではっきり覚えてはいないですが、NHKのラジオドラマに「向こう三軒両隣」というのがありました。一週間ごとに二人の作者が交替して作る。前週と今週では出てくる人も登場人物も違う。しかし、共通した「向こう三軒両隣」の世界が舞台になっている。『うつほ物語』もこれと同じだと思ったのです。

——といいますと。

片桐　「俊蔭」で始まる世界と「藤原の君」で始まる世界がそれぞれ別に存在していたが、たとえば藤原兼雅はその両方の世界に登場して、二つの世界が次第に一つになってゆく。また第三の巻の「忠こそ」の巻は忠こそという貴公子が継母にいじめられる継子いじめの話なのですが、「藤原の君」の巻から始まっている求婚物語に取り込まれて、求婚者の一人として再登場するのです。このように、短い独立した物語が集まって長編物語になってゆく過程を明らかにしましたが、その出発点は冒頭の俊蔭の巻が、①俊蔭波斯国漂流の部分、②父母の死後、わびしい生活をしていた俊蔭の娘が陋屋で大臣の子息である若子君と結ばれる部分、③俊蔭の娘は息子の仲忠と山の中の空洞（うつほ）に住んでいたが、夫である大臣の息子と再会して貴族社会に復帰するという三つの部分が、本来はそれぞれ別の短編物語であり、文体も違うということを明らかにし、小さな物語が次第に大きくなってゆく過程を論じたのです。

　同時に、私が卒業論文で論じたもう一点は、嵯峨院巻と菊の宴巻の問題です。

──その両巻といえば、一部が重複しているという問題ですね。

片桐　そうです。これを当時は錯簡と考えられていて、「同じものが二箇所に入っている」「片方は除くべきである」とされていたんです。しかし、よく見れば、というより素直に見れば、両者同じではない。登場人物の官位なども全部違っているのです。嵯峨院巻では侍従だった人が菊の宴巻では中将に変わっている。これは、重複ではなく、書き直しであり、書き直して前の物を廃棄しようと思ったのだが、既に流布していたので、廃棄できず、両方が残ってしまったと考えたのです。

──なるほど。単なる錯簡ではない、ということですね。

片桐　ええ。ところで、九州大学の図書館にある九大本にはその重複がないと河野多麻という人が論文に書いている。そこで福岡へ九大本を見に行ったんですが、なんと実物を見ると、今でいう修正液みたいなもので版本を白く塗り潰したりしながら、二つの巻の丁を綴じ直して一つに合わせて、矛盾の無いようにしてあるのです。

──実物を見ないとわからないことですね。

片桐　そうなんです。これは江戸時代の学者である細井貞雄という人がやったものですが、いわば細井貞雄の私案による訂正本文なのです。しかし、河野多麻さんはこれが古い写本を模したものだと主張され、とうとう『岩波古典文学大系』の底本になってしまいました。いずれにしても、直接本を見て、その本の素性を見なければ駄目だと思いました。その時の経験が今日の私の研究の基本になっていると思います。

――九州大学に行かれたのはいつ頃ですか。

片桐 昭和二十八年（一九五三）ですが、敗戦から八年しか経っていない頃であったので、遠藤先生が福田良輔さんという上代語研究の大家に手紙で閲覧のことを頼んでくださったり、その福田先生から「宿の方も心配しないで安心して来なさい」とわざわざ手紙をいただいて感激して、夜行列車に乗って行ったんです。福田さんは「家に泊めてあげようかと思ったけど、あまりにも狭いんで、僕のところに泊まってもらって堅苦しい思いをしてもらうよりも、助手のところへ泊まるように手配してありますから」と言ってくださった。これは嘘じゃなくて、夕食に呼ばれて行ったんですが、公務員アパートで確かに小さかった。当時の助手は上代の国語学と萬葉集を研究している鶴久《つるひさし》さんで、桜楓社から出ている『萬葉集』、色々な訓が参考に示されていて大変便利なんで、私もよく利用しているのですが、これをやった人

鶴久氏

なんです。私は経済力がなかったこともあって、その頃はあまり酒は飲まなかったのですが、鶴さんもまったく飲まれない。大の甘党で、毎晩お菓子を買ってきてくださるので、私も毎晩お菓子を食べていました。福岡女子大学に勤められてからも何度かお会いして、関西の御案内をしたこともあったのですが、その後は年賀状中心のお付き合いが続いておりました。ところが平成四年（一九九二）三月に福岡女子大学を退職される時の記念論文集に論文を書き、やっと恩返しが出来たかなと思っています。「一宿一飯の仁義」という言葉がありますが、大学四年生の私は三泊もさせてくださったことに心から感謝しております。

〈宇津保物語研究会〉

片桐　当時『うつほ物語』の活字本と言えば有朋堂文庫と、新しく刊行された朝日新聞社の『日本古典全書』が中心でしたが、かなり本文がいじられているので『うつほ物語』の諸本研究を写本によってしなければいけないと思っていたちょうどその頃、東京で「宇津保物語研究会」という会が出来て月一回輪読会をやっていました。その頃は今と違って東京へ行くのは時間的、経済的に大変ですので、私は年一回、八月末か九月初旬に開かれる大会だけに参加していました。後のことになりますが、その会は古典文庫本の『宇津保物語』（尊経閣文庫本）、同じ古典文庫から『宇津保物語新論』『宇津保物語新攷』『宇津保物語論集』というかなり分厚い論文集を出し、更に『宇津保物語　本文と索引』全

宇津保物語研究会
左より中村忠行・神作光一・桑原博史の諸氏。

三冊を笠間書院から出しました。私は離れて住んでいたのであまり手伝えなかったんですが、人物索引は手伝いました。

――その会にはどのような方がいらっしゃったんでしょうか。

片桐　中心人物は、北村透谷の研究など近代文学の大家でもあった笹淵友一先生。その頃、東京女子大の教授をしていらっしゃったので、そこによく集まりました。有力メンバーは天理大学の中村忠行先生、愛知学芸大（後の教育大）の石川徹さん。それに東洋大学の吉田幸一さん。東京教育大学の小西甚一さんも一時参加しておられました。その他、私の年齢に近い、実動部隊は野口元大さん、上坂信男さん、神作光一さん、それに桑原博史さんなどが有力メンバーです。お互いに論争もしましたが、今思い出しても胸が熱くなるような懐かしさを感じます。同志と言ってもよいと思います。先程言いました本文や研究書を次々と出して、まさに『うつほ物語』ブームだったと言ってよいと思います。

――ブーム、ですか。

片桐　そうです。後で言いますが、「後撰集ブーム」というのも私の頃に起こっている。『うつほ物語』にせよ、『後撰集』でもブームの中心にいられたのは幸せです。ブームを起こすくらいの学者じゃないといかんというのが私の持論なんですが、『うつほ物語』は私の力ではなく、当時そういう流れがあって、その流れの中で研究者としてのスタートができたというのは、幸せなことだったと思います。後で和歌史研究会などについても触れますが、色々な人と大学を越えて付き合っていくということが大事です。関西大学はいい大学で、教授の質も高く、教育環境は整っていますが、もっと積極的によそへ出て勉強するということが大事だと思います。

――その通りですね。研究会のことで他に思い出などはありますか。

片桐　宇津保物語研究会は、このように東京女子大の笹淵先生をリーダーとして東京中心で行われていたのですが、年一回の大会は、石川徹先生のお世話で名古屋で行われたり、中村忠行先生のお世話で天理で行われたりしました。天理大学図書館で行われた大会がこの会のピークであったと思います。朝から一日中、『うつほ物語』の研究発表をし、夜の懇親会まで、非常に盛り上がりました。その時、中村先生が『うつほ物語』の写本を色々集めて展観をしてくださいました。天理図書館の写本や中村先生ご自身の本なども出していただいたのです。そして、そこに出されたものもいないものも含めて、当時全国にあることが判っている、『うつほ物語』の写本のリストが作られました。これは非常に貴重なものです。

中村忠行先生は、台湾の台北大学を卒業され、そこで助手をしておられた方です。清の時代の日中比較文学を同時に進めておられた多才博識の人です。天理大学退職後は甲南女子大学の教授を勤められ、中古文学会の代表委員もして下さいました。

――宇津保物語研究会はその後どのような活動をされていたのでしょうか。

片桐　笹淵先生が東京女子大学を退職された後、上智大学へ移られ、そこでも一、二回研究会を持ちました。その頃に宇津保物語研究会の会報が出ました。三号ほどしか出ていませんが、一、二号には、私も執筆しました。

ついでに、原田芳起先生についても、一言追加しておきたいと思います。

――どんなお話でしょうか。

片桐　後で詳しく述べますが、大阪国文談話会の中古部会で『うつほ物語』の講読を始めました。最初は私が担当してやっていたのですが、そのうち原田先生に代わっていただきました。角川文庫の『宇津保物語』三冊は今でも他を圧してすぐれたものですが、これはこの会の講読の成果です。宇津保物語研究会は、前にも言いましたように、『宇津保物語新論』『宇津保物語新攷』『宇津保物語論集』という三冊の論文集を出して、そしてまた『宇津保物語　本文と索引』を出しました。大変な研究業績で、今思い出してもよくあの時期にあれだけ盛り上がってやったなあと思うくらいに成果をあげたのですけれども、その後日談があるんです。

――興味深いですね、どのような事があったんでしょうか。

片桐　後日談と言いますのは、その宇津保物語研究会のほぼ終わり頃、やはり注釈をしなければ駄目だ、会員が『うつほ物語』全二十巻を分担して注釈を出そうということになったのです。しかし、大学紛争などもあって、会員はそれぞれの世代とともに、みな非常に忙しくなっていましたから、宇津保物語研究会は解体寸前という感じでした。私はその頃学生部長と学長代行までしていたので、非常に忙しく、担当する巻は決まっていたのですが「申しわけありませんが、降りさせてもらいます」と言って降りたのです。その後、私を除いた人が全二十巻を分担し直されました。しかし、引き受けた人も全然書いていなかったのです。それで、結局その話は立ち消えになったようです。その結果、宇津保物語研究会も流れ解散という形になってしまいました。つまり、会が解体したのは、こういう宿題が出たのに、皆ができなかったからなのです。

――なるほど。

片桐　その後、原田先生が亡くなられた後になってから、原田先生だけがその注釈を仕上げて、出版社の笠間書院に送っておられたということがわかりました。それをどうしたらいいか、というのが大問題になったのです。責任者もいないような研究会になっていたのですが、中古文学会の時などに「どうしよう、どうしよう」というのがいつも話に出るのですが、「このままではいけない」というので、私が責任をとる形で、平成八年にご子息の原田和雄氏（滋賀大学教授）に大阪樟蔭女子大学にその原稿を贈ることを了承していただいたんです。そして、大阪樟蔭女子大学へ、「元学長の原稿だから、研究室か図書館で保管して、篤学の人があった場合に利用できるようにしてほしい」とお願いしました。大学側はその時点から「非常にありがたいことだ。できれば本にして出版したい。駄目でも雑誌で連載していきたい」と言っておられたのですが、最近、和泉書院のカタログを見ると出版予定書の中に入っていました。嬉しいことです。

4 修士論文と研究者としての自覚

〈修士論文と『後撰集』研究〉

――修士論文は、『後撰集』をされたそうですけれども、『後撰集』の研究、『後撰集』の諸本の調査のことなどのお話を伺いたいと思います。

片桐 私は平安時代を代表する文学として、やはり『源氏物語』をやりたいと、学生時代から思っていました。しかし、この大作の前にもっと勉強をする必要があると思い、『源氏物語』以前の唯一の長編物語ということで『宇津保物語』を卒業論文のテーマにしたことは既に述べました。ところで、『源氏物語』の文章の特色は、歌語の使用を含めた和歌的表現にあるとの思いから、今度は和歌の研究をやることにしました。それならば『古今和歌集』から入ってゆくというのが常道なのですが、私は『後撰集』のほうから入ることにしました。それは、『後撰集』が物語的歌集と呼ばれていたからです。三省堂から出ていた『日本文学史』第四巻に、西下経一さんが書いておられます。これは今はもう古本屋ででも買えないものです。戦争中に出た本で装丁も悪く、私の本ももう形をなしていないのですが、大変な名著だと思います。『古今集』の大家でもある西下さんは、『後撰集』研究でも優れたものを残しておられ、私の『後撰集』研究は、この西下さんの『日本文学史』第四巻から始まったといっても過言ではないのです。

――西下先生の『後撰集』研究はどのようなものでしたか。

片桐　西下さんは物語的歌集として『後撰集』を捉えておられました。というのは『後撰集』の詞書が、誰が見ても三人称とわかるかたちで書かれているからです。その後に論文を書いて明らかにしましたが、『古今集』の詞書も実は三人称で書かれているとみるべきなのです。平安時代の八代集の詞書は、主語が省略されることが多いのでわからないことが多いのですが、すべてが三人称で書かれていると捉えるべきだというのが私の見解です。井上宗雄さんも、この説に賛同され、鎌倉時代の勅撰集も含めて整理され、論文を書いておられます。ところが、当時は勅撰集の詞書は一人称で書かれていると考えられ、『後撰集』だけが例外的に三人称の詞書がまぎれ込んでいると西下さんが言われ、そこから『後撰集』を物語的歌集と定義され、これが『後撰集』の特色ということになりました。

――当時は、どのようなテキストを使われたのですか。

片桐　戦後間もない頃ですから、当時は新刊で買えるものがありません。古本屋で、今思えば特殊な本文を持つ岩波文庫の『後撰集』を手に入れました。岩波文庫本は定家の初期の写本で、無年号B類本と、後に岸上慎二さんが命名された本です。定家は、ある年代から自分の書写年号を記しています。これを年号本といって、承久三年本とか、天福二年本―これが一番中心になります―、嘉禎二年本―これが最後になります―などといいます。しかし、定家の若い頃の本は書写年号を書いていないので、無年号本と言われているのです。『後撰集』の無年号本は二種類知られていて、このあとのほうのものを無年号B類本といいます。これは、亀山天皇宸翰本ともいわれる、鎌倉時代書写の写本です。研究をはじめたばかりなので、何にもわからずにこれを翻刻した岩波文庫本をもとにしていましたが、その岩波文庫本も戦前版を古本屋で買ったものです。

――岩波文庫本から先生の『後撰集』研究が始められたということですが、その結果はどうなりましたか。

片桐　『後撰集』には、『国歌大観』や『国歌大系』など活字になったものもありますので、それらと比較してみたりしまして、三人称だから、物語的というのは、ちょっと単純なような気がしてきました。『後撰集』の詞書には、他の歌集では「読人不知」とあるものが、―もちろん「読人不知」もありますが、―「をとこ」とか「をんな」、「もとのをとこ」「もとのをんな」などとある。それをどう考えるか、ということで、その結論だけを言いますと、これは、作者名表記ではなく、詞書の一部なのだということです。「……ければ、をとこ（が）」と「をとこ」が歌に対する主語になっている、と考えるようになってきました。ところが、「をんな……しければ、をとこ」とある時、写本でも「をとこ」を離して書いているものもありますし、活字本はみな統一して「をとこ」をずらして、作者名として書いています。果たしてそれでよいのか、もとの写本でどう書いているのかを見ないといけない、と思うようになりました。もとの写本では、詞書部分に繫いで、「をとこ」とか「をんな」を書いているのではないかと思ったのですが、なかなか写本を見ることができません。京大の図書館にある写本や版本を見ましたが、江戸時代の写本では、どこまで信用できるかわかりません。平安時代に写されたちゃんとした写本を見たいと思いました。

――ご覧になられた写本には、どのようなものがありましたか。

片桐　複製本になっている片仮名本があります。田中四郎という方が持っていた本ですが、今は石川県の宮本さんという方が持っておられます。当時すでに古典保存会から複製本が出版されていました。片仮名ですが、非常に古いもので、鎌倉中期までさかのぼれる写本です。この本は上巻（十巻まで）しかありませんでしたが、『後撰集』は恋の歌が多いために、恋の巻が九巻から始まります。その恋の巻を見ていると、私が考えたとおり詞書にくっついて「をとこ」とか「をんな」が書かれていました。これは作者名ではなく、詞書なのだ、他の本では後の人が、他の勅撰集で読人不知を書くのと同じように、作者名として下へずらして写しただけなのだとわかってきましたが、この複製本からはじめて、別の写本をみないといけないと思いました。そのころは、定家本は、岩波文庫本でよいと単純に思っていましたので、宮内庁書陵部に行って、室町時代の写本で堀河宰相具世筆本というものを見ました。これは三代集が揃っているのですが、『後撰集』と『拾遺集』は完全に非定家本です。

——定家本以外の写本ということで、書陵部本をみるために、東京まで通われることになったのですね。

片桐　当時宮内庁書陵部へは、夜行で、それも最初のころは座席の列車で、寝台車でもありませんでした。だんだんと贅沢になってきて、大学院の終わりころには、寝台車でした。新幹線などはもちろんありません。夜、乗って、朝、東京駅に着いて、そのまま書陵部が開くのを待ちかねて、朝九時から夕方五時まで書陵部にいました。一度行くと、廉い宿を探して一週間くらい滞在します。写本もそうすらすらとも読めませんし、時間が掛かります。その頃は写真もなかなか取れませんでした。高橋写真が入って写真を撮影したのは、もう少しあとのことです。ですから最初は勝手に写真を撮らせてくれた。カメラを持っていって写したこともあるのですが、なかなか写らなかった。当時のカメラの性能もよくなかったし、素人写真で失敗も多かったのです。また撮影しても焼きつけをするお金がない。ですからフィルムそのものを、明かりに照らしながら虫めがねで見る。私だけでなく、こういう経験をされた方は他にも多いと聞きます。しかし字が逆になっていますし、白黒も逆になっているので、非常に読みにくいのです。ですから、直接見たほうがよい、ということで、見に行った場所で、全部校合しました。しかし、もとにしているのが岩波文庫本ですので、人様にはお見せできない、自分だけの校本となりました。この書陵部の堀河本は異本系の中では巻二十まで揃っている唯一のものです。写しは悪く、間違いも多いのですが、定家本以外の本文を全部見ることができたので、非常に参考になりました。

――写本を調査された時のエピソードというのは、他におありでしょうか。

片桐　日光東照宮の近くに二荒山神社があります。この二荒というのがそもそも「にっこう」という名前の始まりなのですが、二荒山神社に『後撰集』の写本があるということを知りました。後には小松茂美さんの研究などで有名になりましたが、そのころはあまり有名でなく、野間光辰先生の浪速高校教授時代の教え子である、京大法学部助教授の香西さんという方が、京都の北野天満宮の宮司さんの息子さんですので、そのつてをたどって見せていただくことになりました。大学院修士課程の二年生でした。手紙を出して行って、そこでも一週間くらい泊めていただきました。神社ですからお神酒がたくさんあるわけで、毎晩毎晩お酒を飲ませてもらったものです。神主さんもお酒のお好きな方で一緒にお酒を飲みました。若かったので、翌朝はまた二日酔いもせずに校合を始め、二荒山本も巻十までしかないので、全部校合することができました。

――その成果を、修士論文にまとめられたわけですね。

片桐　「後撰和歌集時代の文学史の研究」という修士論文を書きましたが、その中心部分を四十枚ほどにまとめて、『国語国文』昭和三十一年五月号に「後撰和歌集の本性」という論文を発表することができました。その骨子は、詞書そのものの構造が、物語的構造であるということです。また同時に、平安時代の私家集、『友則集』『是則集』『業平集』『小町集』などは、勅撰集を素材にして歌を選んで成立したものですが、これらの本文を検討する中に当時の『友則集』『是則集』『業平集』『小町集』『素性集』『遍昭集』が資料にした『後撰集』の本文を復元することができましたので、それを修士論文の副論文にしました。その中で『素性集』についての研究は、のちに『私家集大成』の『素性集』の解題を書く時に役に立ったと思います。

——修士論文の反響はいかがでしたか。

片桐　修士論文が、『国語国文』に掲載された年は、修士課程を終え、博士課程に入った年の五月ということになります。その後、和歌史研究会を結成する時にお声がかかったのも、この論文に拠る所が大きいと思っています。今と違って論文の絶対数が少ないものですから、西下経一さんや松田武夫さんや松尾聡さんなどの偉い先生方から手紙を頂戴しました。終戦後初めて感動できる論文に出会えたというお言葉をいただき、私も感激しました。国文学をやってよかったと思い、一生この仕事を続けようと決意したのは、実はこの論文を書いた時です。『国語国文』は、五月号といっても少し時期がずれて、六月ぐらいに発行されますが、その後夏休み明けの九月ぐらいまで、有名な大先生方からのファンレターが届きました。ほかにも、私の二、三年先輩の松田修さんという近世文学を専攻している人など、専門外の人からも認められたのです。また、そのころから、先程述べました『後撰集』

研究のブームが始まったように思います。

――『後撰集』研究当時に、印象に残る方々のことをお話しください。

片桐　では、まず中村啓信さんのことからお話しします。今では『後撰集』の研究はなさっていませんが、『日本書紀総索引』『校本日本書紀』という日本書紀研究で労作をものされた、国学院大学の中村啓信さんです。岸本由豆流の『後撰和歌集標註』のなかに校合されている慶長本、これは明らかに異本系統のものですが、慶長本について、「後撰和歌集慶長本の性格」という論文を『文学・語学』の第六号に出されました。中村さんは、明石の私の家まで訪ねてこられ、いろいろと話し合いました。話のうちに「片桐さんの論文を読んで、『後撰集』研究は止めることにしました」といわれ、恩師の武田祐吉さんの遺志に従って、『日本書紀』の研究に集中していかれました。

――他には、どなたがいらっしゃいますか。

片桐　小松茂美さんです。東京国立博物館に勤めはじめたばかりの小松茂美さんは、二荒山本『後撰集』を見て、その素晴らしさに圧倒され、書のほうから『後撰集』を研究しようとされました。独学でどのように苦労し、どのように研究されたかということはあまりに有名ですので、ここでは省きますが、池田亀鑑さんのお手伝いをされていた時期があったので、そのたくさんの協力者と仕事をするという方法に賛同されて、同じやり方で仕事をされました。この時手伝っておられたのが、桑原博史、神作光一のお二人です。小松さんの『後撰集』研究は、古筆学的研究です。烏丸切、白河切、胡粉地切、という平安朝書写の有名な三つの『後撰集』の切がありますが、これら古筆切をかなり集めておられました。これらを含めて、昭和三十六年（一九六一）に、『後撰和歌集校本と研究』という二冊本を誠信書房から出版されました。出された本は、非常に大部の著で、二荒山本の他にも、堀河本や承保三年本を併せて翻刻された労作です。しかし、この本は、異本系で、しかも巻十までしかない二荒山本を底本にしていますので、校本としては欠陥品です。使い難い本と言うほかありませんが、それでも、これが出版されて、『後撰集』研究が大きく展開したことは否定できないのです。

――小松さんとのお付き合いは、どんなものでしたか。

片桐　小松茂美さんとも、手紙のやりとりから始まって、新婚時代の小松さんのお宅に何度も泊めていただくというような関係がありました。その後、その御縁で大阪女子大にも、集中講義にきていただきました。女子大に集中講義のシステムがまだなかった頃で、旅費は大学から出ましたが、宿泊費までとても出ない状態で、講義の間の四日間、私の家に泊まって、拙宅から女子大に通っていただいたのです。制度がないから、予算がないから何もしないというのではなく、自費でも素晴らしい先生にきていただいて実績を作り、予算をもらおう、そして次第に制度化していこうというのが、私のやり方です。この時も、朝からは講義をしていただき、夜は例の如くの酒盛りという、充実したもので、小松さんとのお付き合いもいっそう深まりました。

――小松さんはとても苦労をされた方とうかがっていますが。

片桐　小松さんのお父さんは、私も面識があるのですが、山口県の柳井駅の駅長をされていました。昔の鉄道省の駅長さんですから、エリートであり、しかも名誉ある職で、ご本人も誇りをもっておられました。それで、御子息も同じように鉄道省へ進むことを望まれていました。しかし小松さんは、旧制中学校卒業後、鉄道省へ入ったことは入ったのですが、たまたま、敗戦直後、原爆投下後の広島で、露店で売られていた池田亀鑑博士の『古典の批判的処置に関する研究』を見て、どうしても手に入れたく思い、翌日、買って、読んで、この世界の素晴らしさに打たれたということです。中学校を出たばかりでそう思われたのもすごいと思うのですが、常にその思いを消すことなく、厳島の『平家納経』が見たいとの思いから、国鉄の中でも運動をして、観光事業を行う課の仕事に就いて、『平家納経』の展観という観光事業を二十歳代でやってしまわれました。『平家納経』はなかなか見ることのできないものなのですが、小松さんはかなり強引な所があって、進駐軍を担ぎだしたりして展観を成功させて、『平家納経』を見たことで、いよいよこの道から逃れ難くなってしまったそうです。そこで鉄道員をやめて、家出同然に広島を出、池田博士の門を叩いて、『源氏物語大成』の最後の段階で手伝いをされました。このあたりのことは、中公文庫の『平家納経の世界』にご自身も詳しく書いておられますので、参考にしてほしいと思います。その後、東京国立博物館に入り、雇いから、書跡室に移り、『日本の名筆』を書かれた堀江知彦さんの下で働かれ、書跡室長、美術課長まで勤められ、学芸部長候補になった段階で定年を迎えられたかと思います。

小松さんは、きわめて強引な方法で自分の道を切り開くという方で、私にはそういう生き方はできませんでしたが、とても参考になりましたし、こんな生き方もあるということを身をもって教えられました。

〈宮内庁書陵部と橋本不美男さん〉

——宮内庁書陵部で印象に残っておられる方についてお話しください。

片桐　宮内庁書陵部には、橋本不美男さんがいらっしゃいました。宮内庁書陵部には、『後撰集』研究以外でも随分お世話になりました。私の人生の中で、東京で一番多く行った所はどこかというと、宮内庁書陵部かも知れません。書陵部では、連歌研究の大家である伊地知鐵男さんと、平安和歌研究の橋本不美男さんにお教えを受けています。特に橋本さんとは、お酒を飲みながら語り合うという仲でした。橋本さんの出版記念会で話したことですが、私は、学者を分類して二種類あると思っています。ひとつは酒を飲むと一切学問の話をしない人。小松茂美さんなどはそのタイプで、お酒が入ると学問の話はせずに歌舞伎の話、歌舞伎役者の声色になります。もう一方のタイプである橋本さんは、酒を飲みながらでも夜中まで学問の話を続けられます。好対照のお二人と同時に付き合ったのは、とても面白かったと思います。私自身はどちらかといわれると、どちらの傾向もあるのです。

——学問の上だけでないおつきあいは、うらやましいものがありますね。

片桐　人は、ただ勉強するだけというのでは足りないと、後で思いました。心の通じ合える人、自分の学問と生き方を理解してくれる友人を持たなければいけません。私はよい人々に恵まれたなあという思いです。学問をやっていけるというのは、そういう人間関係があるからです。特に橋本不美男さんとは、和歌史研究会に直接関与し、『私家集大成』を一緒に作ったのが最後の仕事となりましたが、細かいことはおっしゃらないが、統率力のある、人を納得させる能力のある、優れた方でした。本来的に真面目な方だから、宮内庁書陵部に勤める事ができたのだと思います。

――では、橋本不美男さんのお仕事について、少しお教えください。

片桐　橋本さんはいろいろな仕事をされましたが、なかでも『図書寮典籍解題』という目録がありますね。のちに宮内庁書陵部の目録も出ましたが、それ以前に出たこの解題はとても詳しく、古今伝授関係の資料の解題なども、未だこれ以上のものは出ていないと思います。詳しいものは他にもありますが、中味がある、必要なことだけが書かれているという点でこれに優るものはなく、しかも橋本さん自身のお名前は出ていません。宮内庁書陵部の仕事として出版されたからですが、連歌関係を中心に中世は伊地知さん、平安朝は橋本さんがそれぞれ担当されたことは、その道の人はよく知っていました。

――『桂宮本叢書』も、このお二方を中心としたお仕事だとうかがっていますが。

片桐　ええ、これは『桂宮本叢書』となっていますけれども、実際は桂宮本だけではなくて、いわゆる御所本というものもたくさん入っています。中古、中世の貴重な文献、『とはずがたり』のように初めて発見された物語、私家集でも今までの歌仙家集とか西本願寺本に入っていない系統を中心に、たくさん翻刻されているのです。私も『桂宮本叢書』で初めて知った私家集や、初めて知った私家集の系統もたくさんあって、この叢書は、私家集研究に重要な役割を果たしていると思うのです。これも橋本不美男さんが中心になってされた仕事です。

宮内庁書陵部に勤めているということは、一面お役人ですから、自分の業績として残すのではなくて、宮内庁書陵部の仕事として『桂宮本叢書』や『図書寮典籍解題』を出されたのです。これらは、学問的に非常にプラスになっているのですが、実際はだれがやったかは、知る人ぞ知るという状態です。我々は、橋本不美男さんの仕事だとか伊地知鐵男さんの仕事だとか、みな知っていますけれども、そういう形で名前が残らない、というのが昔は普通でした。現在では業績主義で、だれの業績だとか、業績が何点あるとか、どれだけ業績がないと教授になれないとか、すべて点数主義で行っているのですけれども、昔はそうではなかった。そのような時代の、しかし、国文学の私家集研究や文献学研究を決定づけた仕事として、『桂宮本叢書』と『図書寮典籍解題』をあげておきたいと思っています。

――橋本不美男さんは、その後早稲田へ移られましたね。

片桐　橋本さんは早稲田大学の教授になられた後、平成三年（一九九一）十二月に急逝されましたが、私にとっては書陵部の橋本さんです。お葬式の時、伊地知さんが「おれより先に逝って、馬鹿な奴だ」とはきすてるようにおっしゃったのが忘れられません。橋本さんは、このような立派な仕事を書陵部でなさいましたが、御自分の研究も『王朝和歌史の研究』『院政期の歌壇史研究』にまとめられています。橋本さんは自分を押さえるタイプの人だったので、いずれも地味な本ですが、後代にも価値が変わらない立派なお仕事です。

――橋本不美男さんのお人柄がうかがえるようなお話ですね。

片桐　橋本不美男さんも、小松茂美さんと同様、苦労をされた方でした。宮内庁書陵部で、最初は雑用係をしながら、日本大学の夜学を卒業し、熱心な真面目な方だったので、そのままひきとめられて、書陵部に勤められ、図書調査官まで進み、最後は早稲田大学の教授になられました。非常に苦労して自分の学問の世界を開いたという点で、小松さんと共通する所があります。私も外地から無一物で引き揚げてきて苦労はしていますけれど、京都大学を出ていますので、エリート扱いをされ、自然に道が開けたとも言えます。お二人のような人を見て、その苦労がわかればわかるほど、当時は素直に表現できなかったのですけれど、京大を出たことがありがたかったと今では思わざるをえません。

そういうわけで、京大大学院で、『後撰集』研究をやったことは、自分の学者人生、国文学研究の道を切り開いたということになります。

5　平安文学研究会と大阪国文談話会

〈平安文学研究会〉

――昔は今と違って雑誌は少なかったと思いますが、先生の関係で言いますと、『平安文学研究』という雑誌がありました。そのあたりのお話をお願いします。

片桐　中古文学会ができる前に、平安文学研究会から『平安文学研究』という雑誌が出ていました。季刊でしたが、かなり号数を重ねています。中心となったのは田中重太郎さんで、ほとんど田中さんの個人的な努力で続いておりました。田中重太郎さんは体は弱く、結核などいろいろな病気をされていました。また苦労もされた方で、新聞社の給仕（雑用係）をしながら、夜学へ行って勉強し、旧制の高等学校、専門学校の教員になる資格をお取りになったと聞いています。大変な勉強家で、『枕草子』の研究はあまりにも有名です。『校本枕草子』をはじめ、たくさんの本を出しておられます。同時に朝日古典全書『枕草子』や、受験参考書などもたくさん書かれ、予備校などでも教えておられました。お体は弱いのに、非常な働きぶりで、一面ロマンチストでもありました。

――田中重太郎さんといえば、先生との出会いの場となったという大阪国文談話会のことをまず伺わないといけないと思うのですが。

片桐　そのころ大阪国文談話会という、大阪に勤務する国文学関係の大学教授が集まった研究会がありました。中心になったのは平林治徳さんと小島吉雄さん、それに平林さんの親友である高木市之助さんも加わっておられました。そのころ平林治徳さんは、大阪府女専の校長先生を、創立後しばらくしてから務められて、戦後、女子大学になってからも、学長を続けておられました。永久的、無任期的校長先生です。大阪の文化人として有名で、『源氏物語』研究者ということで、各地で講演をしておられましたが、学術的なお仕事は少ない方です。この平林さんが高木さんと東大の同級生で、無二の親友でした。いつも二人でお酒を飲んでおられたのですが、高木さんが大阪に研究者の会がないのは困るといわれて、平林さんが中心になってできたのが、大阪国文談話会です。

――それでは、大阪国文談話会を支えた方のことをお話しください。

片桐　平林さんが、昭和三十四年（一九五九）に亡くなられた後は、阪大教授の小島吉雄さんが中心になられました。小島さんが、ずっと常任代表幹事を務められ、その周辺に、境田四郎さん、谷山茂さん、大谷篤蔵さんというような方々がいらっしゃいました。私が老人パワーを感じた最初の集まりです。谷山さんや大谷さんは当時五十歳は過ぎておられましたが、このお二人に向って、小島さんが「君ら若手で頑張って、範を垂れてください」と言われているのを傍で聞いていて、びっくりした記憶があります。

――小島先生はどういう方でしたか。

片桐　小島さんも大阪国文談話会の中心をなした人物で、むしろ平林さんより功績は大きいと思います。忘れないうちに言っておきますが、高木市之助さんの跡を受けて、小島吉雄さん、谷山茂さんが学術会議に選ばれました。あまり知られていませんが、国文学研究資料館の設立はお二人の力に拠るところが大きかったのです。

話を元に戻して小島さんのお仕事について申しますと、小島さんは『新古今和歌集の研究』とその続編を書かれました。この本は固い本ですが、今考えても名著で、最近復刻版も出されました。私の印象に残っているのは、それまでは、『百人一首』の最初の二首などは、『萬葉集』との区別もついていなかったですし、『萬葉集』の歌が『新古今集』に入っていることが、きちんと捉えられていなかったのです。『萬葉集』の歌が『新古今集』に入っていて、読みが違う場合―「田子の浦ゆ」が「田子の浦に」になるとか、「ま白にぞ」が「しろたへの」になるというような場合―は、『新古今集』の撰者が、その時代の好みに合うように勝手に変えたのであると考えられていました。小島吉雄さんが初めて、それは『新古今集』当時の『萬葉集』の訓みであると指摘されました。私は、学生時代にこの本を読んで、これこそ実証的研究であると感銘を受けました。その後も手堅い研究を続けておられました。

お宅は、郷里の寝屋川の秦《はた》というところで、昔の庄屋さんです。教育熱心な方で、九州大学の教授から大阪大学へ移られたからには、大阪の文学を研究しなければいけないと言われ、専門外ですが、近松や西鶴の講義もされ、その影響を受けた方も多いのです。いつも怒っておられたのは、犬養孝さんのことで、「あいつはどこでも『萬葉集』ばかりや。私は、相手にとって必要なことを、それに応じてやっとる」ということをよく聞かされました。学問の幅の広い方ですから、同時に明治の短歌誌を中心にして、明治文学の蒐集もされていて、大阪国文談話会で展観もなさいました。蔵書家でいらっしゃいました。女婿に伴利昭さんがいらっしゃいます。お嬢さんのお一人が大阪女子大を卒業されましたので、そういう縁で私に親しみをもってくださり、老大家になっても、大阪女子大学に非常勤講師として来てくださっていました。それで、私も、土曜日に講義もないのに出ていって、お相手し、いろいろお話を聞かせていただきました。大阪国文談話会を持ちこたえたのが、小島吉雄先生ということなのです。

――大阪国文談話会の活動はどのようなものでしたか。

片桐　円珠庵の復興と土曜講座があげられます。私は直接知らないのですが、大阪国文談話会で、研究会や公開講座のような、いろいろな事業をしようとしていました。その前、昭和二十年代の中頃、契沖の円珠庵が、戦争で焼失していたのを復興しようということになり、大阪国文談話会が中心になって寄付金集めをしたり、当時の文化人―たとえば鍋井克之などの画家にも呼びかけて、絵画や揮毫の色紙などを売って資金を集めたりしたのです。その時、大阪国文談話会がこれを復興したというような石碑が立てられたのですが、最近円珠庵に行って見ますと、石碑はもう取り払われていました。
これは、私の学生時代のことだと思いますが、こうやって円珠庵が復興し、せっかくだから、この契沖ゆかりの建物で、市民対象の講座をしようということになりました。『源氏物語』と『萬葉集』などの講座で、『源氏物語』は、平林治徳さんがずっと担当されました。私は、平林さんとは、一度お目にかかったことはありますが、大阪女子大には平林さんの後任として赴任しましたので、その『源氏物語』講義は、お聞きすることはありませんでした。当時は人気があって、月四回の円珠庵土曜講座のうち、月二回は平林さんの『源氏物語』で、あとの二回を、『萬葉集』や『新古今集』、近松などで埋めていたと思います。

――たしか大阪国文談話会の各部会も活動していましたね。

片桐　大阪国文談話会では、講座だけではいけない、もっと研究活動をしようという動きが出て、研究会が始められたそうです。大阪国文談話会上代部会、中古部会、中世部会とかいうものがありました。その中古部会で、私は田中重太郎さんと初めてお会いしたのです。

――それでは、あらためて田中重太郎さんのエピソードなどをお願いします。

片桐　当時、夫人をなくされた田中重太郎さんは、相愛短大に勤めていらっしゃいましたが、そこで助手をされ、研究会にも一緒に出ておられた、服部さんという方と再婚されました。田中さんは、そのころ四十歳代後半だったかと思いますが、最愛の妻を得たという喜びを、私たちにも話されます。

とても純粋な方で、新しい奥さんに双子のお子さんが生まれて、典子、雅子と名づけられたお嬢さん方の写真を集めた本や、奥さんとのなれそめを書いた本なども作られて、私たちにも下さいました。前にも述べましたように、非常に苦労もされた方なのですが、純粋なロマンチストという面をもっておられ、そういうところが『平安文学研究』の資金面を、一人で支えるというようなことに表れていたのだと思うのです。吉田幸一さんが、お一人で宛て名書きや、「会費××円をお送りくださいまし」というようなことまで書かれて、古典文庫を支えておられたように、発送の封筒の表書きまで田中重太郎さんの字で書かれて送られて来るような雑誌でした。

ですから、もちろんご本人も執筆しておられますが、その量は少なく、むしろ雑誌を作る世話役にまわられていました。みなさんの学問を発展させようという意志がおありになったのです。

――『平安文学研究』にはどのようなメンバーが執筆されたのですか。

片桐　一番多く書かれたのは、宮田和一郎さんという方です。この方は、京大の大先輩で、最後は池坊短大に勤務されていました。吉沢義則さんの『対校源氏物語新釈』は、実は宮田さんがほとんど書かれたといわれています。全部宮田さんだとか、頭注だけは吉沢さんだとか、いろいろ説があって、どれが事実かわかりませんが、いずれにせよ宮田さんが深く関与しておられます。

昔の学者は、自分の本を書くよりも先生の本をまず手伝ったもので、ですから宮田さんも、吉沢先生の方法に触れておられ、語学的な実証性に溢れた論文、例えば「ざるらむ」というのは、歌にしか出てこないというような論文を毎号書いておられました。

平安文学研究会は、初めは雑誌から出発しました。執筆者は、田中重太郎さんの関係の方が多かったのです。田中さんは、ある時期、立命館大学の予科の教授をしておられた関係で、立命の教え子達を中心に研究会をしておられました。田中重太郎さんは、そこに参加されていた大橋清秀さんや柿谷雄三さん、一番年配では、鈴木弘道さん、他に本多伊平さん、若いほうでは、森本茂さんなどの方々に、私費を投じて発表の場を与えようとして『平安文学研究』を出された、教育的配慮に満ちた方でした。また雑誌の学問的価値を高めるために、いろいろな方に寄稿をお願いしておられました。雑誌の発行に関心の深い吉田幸一さんなども肩入れし、よく執筆しておられます。また九州の目加田さくをさんも、毎号のように書かれていたのを、私も読んでいました。その時点では、田中重太郎さんと直接かかわりのある人を除けば、関西の執筆者は少なかったのです。

――平安文学研究会のその他の活動をお教えください。

片桐　平安文学研究会は、『平安文学研究』という雑誌中心の会だったのですが、ある時期、私も関与していながら、細かいいきさつはよく覚えていないのですが、多分執筆者が増えたせいでしょうか、全国的な研究会をやり始めました。昭和三十五年（一九六〇）に、名古屋で行われたのが最初です。名古屋大学の松村博司さんと愛知教育大学の石川徹さんの御尽力によるものです。平安文学研究会の最初の研究発表会は、昭和二十年代の終わりから昭和三十年代の始めにかけて、京都で四回ほど行われているようなのですが、これは田中重太郎さんが立命館大学の卒業生を対象として開かれた、個人的な研究発表会といってもいいものだったそうです。

しかし、この第五回から全国大会と言ってよいものになりました。昭和三十五年四月三十日に、名古屋市栄の県立文化会館で研究発表会が行われたのです。午前九時から午後五時まで研究発表会、そのあと懇親会をやってます。その時の研究発表で覚えているのは、鯵坂ひろ子さんの「御形宣旨集の作者について」、山口博さんの「元良親王御集の物語性について」、松田成穂さんの「蜻蛉日記上巻に関する試論」などの発表です。それと、その懇親会で久徳高文さんが、「これは名古屋では天皇と呼ばれている男です」と言って後藤重郎さんを紹介されたんですが、その風貌から「なるほど」と思ったことを覚えています。

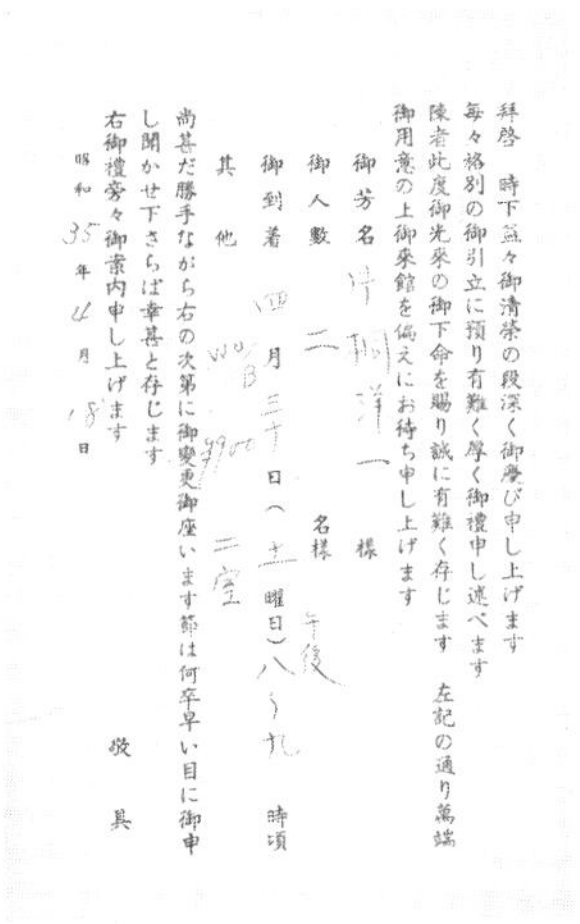
拝啓　時下益々御清栄の段深く御慶び申し上げます
毎々格別の御引立に預り有難く厚く御禮申し述べます
陳者此度御光來の御下命を賜り誠に有難く存じます　左記の通り萬端
御用意の上御來館を偏えにお待ち申し上げます
御芳名　片桐洋一　様
御人數　二　名様
御到着　四月三十日（土曜日）午後八〜九　時頃
其他　二室
尚甚だ勝手ながら右の次第に御變更御座います節は何卒早い目に御申し聞かせ下さらば幸甚と存じます
右御禮旁々御案内申し上げます　敬具
昭和35年4月18日

平安文学研究会大会のため名古屋のホテルを申し込む。玉上琢彌先生と二人分。ホテルらしいホテルに宿泊した最初。

その次は、昭和三十五年（一九六〇）の十一月三日で、この時が池坊学園短期大学。その頃、十一月三日に行われるのが恒例になっていた京大国文学会と重なっていたので私は行けませんでした。その次の第七回は、昭和三十六年の十一月四日に、早稲田大学の大隈会館で、宇津保物語研究会と合同で開かれました。

——先生が発表されたのは、その次の第八回ですね。

片桐　第八回は、福岡女子大で昭和三十七年（一九六二）に目加田さくを先生を中心として行われました。既に東大助教授になっておられた秋山虔さんが発表されました。その時、大学院の博士課程を出て大阪女子大に勤めたばかりの私も『伊勢物語』の研究発表をしました。関西の平安文学を代表する若手の人（私のこと）が来るということで、九州の若い人たちが集まっていましたが、「論文を読めば、精緻な人で、お酒も飲まないような人かと思っていましたが、よく飲まれるので驚きました」などとも言われました。文学遺跡見学で、太宰府天満宮へ行きましたが、横綱佐田の山が新婚旅行で来ていたのに鉢合わせして、「片桐さんの方が大きいぐらいだ」と皆に言われて、喜んでいいのか悲しんでいいのか分からなかった記憶があります。私が一番太っていた時期です。十一月三日と四日だったのか、二日と三日だったのか記憶がはっきりしません。この時も宇津保物語研究会と平安文学研究会の合同でした。

——その後はどうなりましたか。

片桐　その次の第九回もやはり宇津保物語研究会と合同で、これはそのころ渋谷にあった実践女子大学で三谷栄一さんのお世話で行われました。黒川文庫の展観があったのを覚えています。第十回は、京都女子大で、昭和三十九年に行われました。第十一回は、昭和四十年（一九六五）十一月十三日と十四日に、早稲田大学の文学部大教室でやっています。

平安文学研究会・宇津保物語諸研究会（昭和38年か）。左は高橋和夫氏・中野幸一氏。

そのころまで研究発表会をやっていたのですが、その後は中古文学会が中心になっていきました。しかし、雑誌は続いて出ていて、田中重太郎さんの編集後記によると、「わたくしは病気で行けなかったが、神戸大学での中古文学会秋期大会は大盛会であったよし、御同慶のいたりである。」（『平安文学研究』第四十七輯昭和四十六年十一月）というような書き方をしておられます。この神戸大学で行われた学会というのは、後でまた神戸平安文学会、関西平安文学会という話で出てくると思いますが、野中春水さん、根来司さん、藤岡忠美さんを中心に行われた、神戸で初めての中古文学会です。この頃、平安文学研究会から中古文学会に中心が移ってきたので、その間の事情を知っている私としては、やや後味の悪い、田中重太郎さんに申し訳ないという気もするのですが、これは一つの時代の流れとも言えるでしょう。

――田中重太郎さんをめぐる方々のことはいかがでしょう。

片桐　相愛短大の学長をなさっていた今小路覚瑞さんは、『紫式部日記の研究』や『讃岐典侍日記』の論文も書かれています。この方に見込まれて田中重太郎さんは、立命館の予科から、相愛短大に移られました。その人脈で柿谷雄三さんや鈴木弘道さんも相愛に勤務されたのでした。

また、鈴木弘道さんは『夜の寝覚』の研究をされていましたが、ある時、私が『拾遺和歌集の研究』を出版する前に、『拾遺集』の本文についての論文を発表していた頃、手紙を頂戴しました。『拾遺集』のよい異本を持っている」ということで、枚方のお宅まで伺って拝見しました。それは江戸時代後期の写本でしたが、上巻は異本、下巻は定家本の取り合わせ本でした。国文学者であちらから声を掛けてくださって本を見せていただいた最初の方でしたので非常に感激しました。鈴木さんは師範学校を出られ、小学校の先生をされていたので、ご自分で作詞作曲もする、ハーモニカやオルガンの上手な人でした。お宅に伺った時もオルガンを弾いて、歌を聞かせてくださる、そんなユニークな方でした。また、大橋清秀さんは『和泉式部日記』の研究で知られた人です。

――それでは、先程お話のでました大阪国文談話会で、そのころ中心になって活躍した方のことをお話しください。

片桐　大阪国文談話会は、本来、国文学の普及のために作られた会でした。いろんな講演会をし、私も、円珠庵講座の講義を十年近く続けたように思います。ところが円珠庵が会場を引き受けるのを嫌がるようになって、本町にあった相愛短大で何年か行い、その後、相愛短大が南港へ移ってからも続けていたのですが、だんだん世間にカルチャースクールも増え、人気がなくなってきました。まわりの団地に相愛の学生がビラを配ったりして、努力されたのですが、人が集まらなくなって、最後の事務局でもあった田中重太郎さんが、「片桐さん、こんなんやってても、時代が変ってあかんなあ、もうやめようか」と言ったりされましたが、なかなか最後の決断がつきませんでした。自分は何もしないのに、「やめるのは惜しい」とがんばる人が何人かいて、誰が猫の首に鈴を付けるかが問題になっていたのですが、私が大阪女子大の学長をしている頃に、決断を下し、やめる手続きを取りました。その直前に田中重太郎さんが亡くなられたので、それを口実としたのです。反対もあって苦労しましたが、その時の当番校であった大阪市立大学の井手至さんと私で、やめるための会を開いたりしました。

——大阪国文談話会の中古部会では、どのような研究活動がありましたか。

片桐　中古部会では、田中重太郎さんが創設の功労者だったのですが、ある段階から玉上琢彌先生が、乗っ取ってしまったというのが、一番わかりやすい言い方になります。玉上先生は、田中さんと、同じ年齢ですが、非常なライバル意識を持っておられました。あまり気を使わないタイプの私でも、玉上先生と田中重太郎さん、お二人の間に立って、ずいぶん困ったものです。この時、玉上先生が推されたのが、柿本奨さんです。柿本さんはもともと「竹取翁物語試論」などの論文が示すように、非常なロマンチストで、文芸学的な学者だったのです。大阪学芸大学、今の大阪教育大学の教授をされ、玉上先生の京大の一年後輩で、とても真面目な方でした。大阪国文談話会の中古部会には、玉上先生に担ぎ出されて、その時に『蜻蛉日記』をやろうと言われました。それまでの『蜻蛉日記』は、江戸時代の写本や版本をもとにした校訂本などが、喜多義勇さんの手で岩波文庫に入っていたりして、あまり良くない末流の本文で研究されていたので、とにかく写本を集めようということになりました。私はそのころ、既に宮内庁書陵部に出入りしていましたし、写真技術もかなり上手くなっていましたので、お手伝いしましたが、中心は柿本さんでした。それが玉上先生と柿本さんの共著として、『蜻蛉日記本文篇』という校本になったのですが、その後、本は、角川書店から、『蜻蛉日記全注釈』上・下二冊として出た時には、柿本奨さんお一人の名になりました。昭和四十六年（一九七一）のことです。

――柿本さんのお仕事はどのようなものだったのですか。

片桐　この『蜻蛉日記』は研究の過程で、『蜻蛉日記』の断簡が、京都国立博物館蔵の国宝手鑑『藻塩草』の中に発見され、その本文が柿本さんの推定本文と全く一致したので、大いに柿本さんの株が上がったのです。柿本さんの研究方法は、江戸の写本の字体から誤写を推定していくもので、誤写説は行きすぎるとなんでも意味がわかりやすくなってしまいますが、柿本さんは良識の範囲で、慎重に追求されていました。二葉出てきた古筆切と柿本さんの復元試案とが、全く一致したので、私も感心しましたが、世間も大いに感心し、『蜻蛉日記』の学者として認められました。柿本さんが最初に提唱された、「本文整定」という言葉も、今では一般的に使われるようになりました。柿本さんの、この本文整定試案で、それに先だつ喜多義勇さんの本文解釈はかなり否定されました。柿本さんの本文読解力と、同時に誤写説による本文整定は、『蜻蛉日記』研究にとって画期的な業績であると、私は高く評価しています。

その後、大阪教育大学から大阪大学の教養部へ移られたのは、『蜻蛉日記』の業績が認められたという事でしょうが、学会の中では、知る人ぞ知るという感じで、評価されていた方です。

――柿本さん以外で印象に残っておられる方はいらっしゃいますか。

片桐　それは、原田芳起さんです。この方も、田中重太郎さんと同じような経歴で、この時代の方は苦労された人が多いのです。熊本のご出身で、中学教員、高等専門学校教員の免許状を独学で取られました。私が知り合った頃は、大阪樟蔭女子大学の教授をしておられましたが、最後は学長になられました。追求心の強い、勉強家で、純粋な人でした。もともと国語学の御専門で、平安時代の文学語彙の考証で、風間書房からたくさんの本を出版しておられます。

大阪国文談話会で、『蜻蛉日記』のあとに、『宇津保物語』の講読をすることになりました。写本の写真を集めるなど、私がいろいろ設定したのですが、私とは親子ほど年が違うのに、年上の原田さんの方がとても熱心でいられたので、途中から代わってやっていただくことにしました。私の関心がそのころ『宇津保物語』から離れていたことと、その頃は大阪女子大を会場にしていたので、そのお世話をしなければならなかったことが原因で、私が担当した「俊陰の巻」の後は、原田さんが続けられました。ただ、純粋な方の困った点は、うっかり研究会で、私が新説を述べると、すぐそのまま論文に書かれることでした。三度ほど似たような経験をしたのですが、「私も同感です」とその場で言われてしまうと、もうどうしようもない。例えば、「尚侍《ないしのかみ》の巻」の錯簡は、私が言い出したことですが、論文に書いたのは原田さんです。研究会をやっていると、そういう人は結構多いのです。ご本人はそれほど悪気はなくて、人の言うことで「なるほど」と思えば、自分の思っていたことになってしまうのですね。「かなわんな」とは思いますが、決して憎めない、恨めない、そういうお人柄でした。

――角川文庫の『宇津保物語』は、原田さんがされたのですね。

片桐　そうです。柿本さんも、角川文庫の『蜻蛉日記』を出版されています。その頃までは柿本さんも、時々大阪国文談話会中古部会に出ておられました。しかし中古部会は、だんだん続かなくなり、いつごろ終わったのか、私自身も出なくなりましたのではっきりしません。世の中が豊かになるにつれて、談話会の講座もさびれ、各研究会もだんだんさびれていったのです。物がない時代ほど、求める気持ちも強かったということです。論文を書くのにも熱心でしたし、また論文が出れば、こちらからお送りしなくても、熱心に読んでお手紙をくださるというような時代でした。

――古き良き時代ということでしょうか。

片桐　私は、卒業論文を書く時に、平安文学に関する先行論文の全リストを作りましたが、論文量は、大判の大学ノート一冊くらいの量でした。情報過多の現代から見れば、昔はよかったなあと思います。論文も本数が少ないので熱心に読めるし、人々も何かを切実に求めて、研究会に出てくるという具合でした。現代のように、物質的にも、研究情報の上でも、満ち足りてしまうとあまり良くないのではないでしょうか。私は初めて、『源氏物語』を読んだ時、自分で『源氏物語』の登場人物の綜覧や索引、年立、系図などを作ったりして読みました。『宇津保物語』の人物綜覧も自分で作りながら読みました。そのようにして読んだからこそ、物語をよく理解でき、問題意識を持ち得たと思います。今、『源氏物語』のその種の便覧だけでも、何冊も出版されています。雑誌の特集号を加えれば十冊を越えるでしょう。頭注のない本や、また頭注があっても間違いばかりというような本を、迷いながら読んでいく、ということが、今はありません。そうなってしまうと、与えられた情報に頼り、自分で問題を開拓してゆくということがないのです。疑問から疑問へ、間違えながらさまよっていくことがないのは、現代の若い研究者にとって気の毒だという気がします。

6 『伊勢物語』研究と大学勤務の始まり

〈『伊勢物語の研究』の出版〉

——先生は『伊勢物語』研究の第一人者に後になられるのですが、その出発点、『伊勢物語』を研究するようになったきっかけを聞かせていただきたいと思います。

片桐　歌物語というものに非常に関心を持っていました。というのは、『伊勢物語』のある部分、あるいは『大和物語』には、係り結びの「なむ……ける」という形が非常に多い。ところが、『源氏物語』になりますと、地の文にほとんど「なむ」は出てこないという問題があるからです。

これを具体的に数字を挙げて言われた人に、宮坂和江さんという東京大学を出た国語学者がいます。後で結婚されて岡村和江さんとなっていますが、その人の論文が数字を挙げて説得力がありましたので、ヒントにさせてもらいました。

歌物語には「なむ」が地の文に出てきます。それに対して、『源氏物語』では「なむ」はほとんど会話文にしか出てきません。そういうことを考えると、やはり物語るという物語本来の形を留めているのは歌物語だと考えられたのです。しかし、『伊勢物語』の中にも「なむ」がよく使われている所と使われていない所があるのです。このことは後の話と関係するのですけれども、それはともかくとして、『伊勢物語』や『大和物語』に「なむ」が非常に多い所から、物語る文体は、むしろ『源氏物語』よりも歌物語の方に残っているのではないかと、考えるようになりました。

――既に修士論文に書かれた、『後撰集』の物語性との関係はどのように考えておられたのですか。

片桐　『後撰集』は物語的歌集として捉えられていて、私もその延長線上で研究をやっていたのですけれども、『古今集』や『後撰集』では、左注の方には「なむ」が出てくる。しかし、詞書には出てこない。左注は、談話的、語り的に歌を補って説明しているのです。左注と詞書との本質的違いは、ここにあるのではないかと考えたりしていました。始めは、『後撰集』を物語的歌集と考えて研究していたのですが、やはり本来の歌物語とは違って、後撰集の左注には「なむ」があっても詞書にはない。『後撰集』を歌物語的歌集とはいうのはおかしいのではないかと思い始めて、歌物語的歌集とは言わないで、「褻《け》の歌集」という形で『後撰集』をとらえ出していました。

一方、『後撰集』の詞書と歌物語の違いはどこにあるのか、と考えているうちに、『伊勢物語』そのものを対象とするようになってきていました。『伊勢物語』については、思文閣出版の『善本目録』第十一号の巻頭言にも書きましたが、大学の四年生のとき、たまたま阿倍野の近鉄百貨店の古書籍即売会で、『伊勢物語』の写本を二百円で買ったのが、写本を買った最初です。そのころは「いい本だなあ」と思いましたが、今見ると、江戸中期、元禄頃の書写で、別にたいしたことはないものです。でも、そのころは写本を持ったという喜びにひたっていました。

――『伊勢物語』との出会いは、これが最初だったのですか。

片桐　いいえ。大学に入学するかしないかの頃、昭和二十五年前後になりますか、当時河出書房から出ていた『文芸』という雑誌の特集号に、女流作家数人が古典文学の翻訳だか翻案だかをしている中で、ある作家が『伊勢物語』六十九段を現代文学化しているものを読み、感激したのです。このこともあって「歌物語とは何か」という疑問と、歌物語の文学性への感激との流れで、『伊勢物語』をやりたいという気持ちになっていったと言えるのではないでしょうか。

――そのころの『伊勢物語』の研究状況はいかがでしたか。

片桐　そのころ、『伊勢物語』研究の大家は、池田亀鑑博士でした。博士の『伊勢物語に就きての研究』は大著で、校本篇と研究篇と二冊に分かれています。校本篇は、天福本を底本にして校異を挙げています。池田博士は、『源氏物語大成　校異篇』のもとになった『校異源氏物語』を作成する準備のために、『伊勢物語に就きての研究』で『伊勢物語』の校本をつくられたのです。研究篇では、『伊勢物語』はどういうふうに成立したかを論じておられます。その骨子は、歌集の詞書が発達して『伊勢物語』になったという発想です。

池田博士を代表に挙げたのですが、普通の文学史や講座本には、歌集の詞書が発達して歌物語になった、『古今集』の詞書が発達して『伊勢物語』になった、私家集の詞書が発達して『伊勢物語』になった、『伊勢物語』の前には自筆本『業平集』が存在して、それが発展していって『伊勢物語』になったと書かれており、これが通説でした。池田博士も、『伊勢物語』のもとになった自筆本『業平集』がそのうちに出てくるであろう、ということを前提にして研究を進めておられた。

――そのころ、『業平集』の諸本の研究状況はどうだったのですか。

片桐　当時、『業平集』は、西本願寺本系統のものと歌仙家集本系統のものとしか知られていませんでした。その後、前田家の『在中将集』―これは定家本を忠実に写した室町時代の写本です―、宮内庁書陵部の桂宮本叢書に翻刻されている『業平集』―これを書陵部本『業平集』と呼んだり、御所本『業平集』と呼んだり、あるいはその中心になる部分が法性寺少将雅平という人の本だという奥書がついているので雅平本『業平集』と呼んだりしています―が知られるようになり、『私家集大成』に入っている四系統の『業平集』を揃って考えることができるようになったのです。しかし、そのどれもが、池田博士の言われるような『伊勢物語』の前身としての『業平集』ではないと皆が認めるものであり、「だからこれらの『業平集』はだめなんだ」と考えられていました。つまり皆さんは、「『伊勢物語』のもとになった『業平集』というものは存在したはずだ。しかし、いま残っているものは四系統あるけれども、どれもそうではないから、こんなものはだめなんだ。だから、研究価値はないのだ」というふうに捉えていたのです。

――先生は、そのような研究者の方々とは違った考えを持っておられたのですね。

片桐　そうです。私は逆に考えたのです。『業平集』が発展して『伊勢物語』になったというのではなく、現在残っている『業平集』は、全部『古今集』『後撰集』『伊勢物語』から歌を採って集めたものだと。このことは皆さんも認めていて、「だから、今残っている『業平集』はつまらない」と捉えていたのです。しかし、それなら、『古今集』『後撰集』『伊勢物語』にある歌が全部採られているか、というとそうではない。特に、『伊勢物語』にある歌でも『業平集』に採られていない歌がある。これをどのように考えればよいか、と考えていくと、「『業平集』は、『古今集』『後撰集』『伊勢物語』『大和物語』の四つから歌を集めている。そのうち、特に『伊勢物語』『大和物語』は、その当時のものから歌を採っているのではないか。だから、採っていない歌は、その当時の『伊勢物語』『大和物語』になかったから採られなかった、と考えられないか」というように、普通の人とは逆の発想に達したのです。

——普通の人と逆の発想をしたことが、『伊勢物語』の成立を考えるきっかけになったのですね。

片桐　そうです。このように捉えてみると、「『伊勢物語』は、『古今集』以前に成立していたわずかな章段から発展して、それに増補していって、『古今集』の読み人知らず歌などを含めて、さらに成長していったのではないか。そのある段階までの『伊勢物語』の形態が、それぞれの『業平集』に影響を与えている。だから、西本願寺本『業平集』と『伊勢物語』に共通している歌に比べると、雅平本『業平集』や『在中将集』の『伊勢物語』歌は増えている。それは、これらの『業平集』が撰集材料にした『伊勢物語』が、少しずつ増補されて大きくなってきているせいだ」と、考えたのです。

結局、『業平集』と『伊勢物語』との関係は、『業平集』が『伊勢物語』のもとになったのではなく、『業平集』は『伊勢物語』から歌を採っている、ということなのです。ただし、そのころの『伊勢物語』の姿に従って採っていますから、さまざまな『業平集』の本文を調べていくと、そのさまざまな『業平集』のもとになった『伊勢物語』が徐々に増補されていっている過程をたどれるのではないか、と考えたわけです。

そういう見方で『伊勢物語』の配列を見ていきますと、『古今集』にある歌を中核にして、その前後においた歌（『在中将集』や雅平本『業平集』に採られている歌）、さらにその前後におかれている歌

（『在中将集』や雅平本『業平集』には採られてない歌で、もっと後になって補った歌）というように、ある核を中心として、前後に広がっていっている『伊勢物語』の増益の姿が見えてくるのです。
――先生は、先生みずからの『伊勢物語』の成立論を、いつも「仮説だが」とおっしゃっておられますが、「仮説」ということについて、もう少しお話しいただけないでしょうか。

片桐　私は、文献学的実証主義者ということになっています。もちろん、『在中将集』や雅平本『業平集』と現在の『伊勢物語』や『古今集』『後撰集』を比較検討するのは実証的にやっています。しかし、その結果、これはどうなんだというのは、これは仮説です。『伊勢物語』がどのようにできたか、ということについては、いろいろな考え方があり得るのですが、『在中将集』や雅平本『業平集』を使って考えると、こういう仮説が立ちますよ、と言っているのです。

私は『伊勢物語』の「三段階成立論」という言葉を自分では使っていないのですが、周りの人が使っています。仮に三つにわけると、少なくとも三段階で、つまり『古今集』以前の姿、雅平本『業平集』や『在中将集』以前の姿、それ以後に増補された姿、と便宜的に見ると三段階になる。しかし、さきほども言いましたように、西本願寺本『業平集』を間におくと、『在中将集』よりももっと歌数が少ないわけですから、四段階になる、とも考えられます。そういうふうに考えると、『伊勢物語』は絶えざる成長、すなわち不断の成長を続けていたと見るべきで、三段階とは考えられなくなります。ですが、世間で勝手に「三段階成立論」と名前をつけているのです。

――そのあたりのことを、もう少し詳しくお話しいただけませんか。

片桐　要するに、仮説というものは、物事をどういうふうにとらえるか、こういう見方をすればどうなるのだ、というものなのです。しかし、仮説というものについてきちんと理解できていない人が多く、証拠を挙げて論理的にまとめていくと実証だと思い込んでしまう人が結構多くいます。私の伊勢物語成立論は、具体的証拠によって論理的にまとめてはいますが、実証ではありません。論理的にどのような仮説を立てていくか、ということが学問として重要なのではないか、と思って、私の説は仮説であるということを機会があるごとに言っているのですが、どうもわかってもらえないのが実情です。仮説と断ったのを謙遜だと思ったり、自信がないから仮説だと言っているのだと思っている人もいるようですが、哲学辞典や論理学辞典の「仮説」の項の説明を読んでみてほしいものです。

　私の立てた仮説、つまり『伊勢物語』が絶えず成長しているという仮説のもとに考えると、配列もよくわかるのです。『古今集』にあるような重要な段を中心にして、その前後に雅平本『業平集』や『在中将集』に歌を採られている章段がおかれ、その前後に、それ以後に補われたような章段が置かれる、という形で成長していく過程が、はっきりと確認できる。「はっきりと確認できる」というのは、私のような仮説を立てて考えた場合に、はっきりと確認できる、ということで、仮説が実証されたということではありません。

〈大阪女子大学赴任〉

――博士課程とその後の大阪女子大学への赴任についてお話しくださいますか。

片桐　私は、二年で修士課程を終わった年に、この前言いました「後撰和歌集の本性」という論文を『国語国文』に発表しています。実はその頃には、もう『伊勢物語』の研究を始めていました。ですから、その翌年ぐらいから、毎年一本か二本ずつ、『伊勢物語』についての論文を書きました。それで、博士後期課程も三年半で出て、昭和三十四年（一九五九）の十月に、大阪女子大学に赴任したわけなのです。

　当時でも、大学院博士課程が終わると助手として勤めるのが普通で、私も実は、大阪市立大学の助手になるか、大阪女子大学の助教授になるか、ということで半年延びたのです。玉上先生のねばりがなければ、私は昭和三十四年の四月に、谷山茂先生、小島憲之先生のご推薦によって、大阪市立大学の助手になって、その後また運命も変わっていたのではないかと思います。結局、大阪女子大学の助教授になって、「博士課程を終わっただけで助教授になった」と評判になりましたが、既にその時、学界で話題になる論文を十編ほど書いていました。

――大阪女子大学にはどのような形で行かれたのですか。

片桐　前にも申しましたが、平林治徳さんという人が、専門学校時代からずっと校長をしておられたのです。それで、新制大学になった時もそのまま学長をしておられた。もちろん、学長選挙もなにもなく、そのまま続けておられたのです。この平林治徳さんという人は、前に高木市之助さんに関連して言ったかもしれませんが、名古屋にあった旧制八高から東大の国文というコースで、高木市之助さんと同級生だったかたです。もともとは優秀な人だったのでしょうが、学問的著述というものはほとんどないと言ってもよい。啓蒙的教育者だったというわけです。

しかし、大阪では有名人で、この前もちょっと触れたのですけれども、『源氏物語』の講義を大阪のあちこちで続けておられました。村山リウさんは、後年有名になってご本人が「『源氏物語』ときがたり」などと言って講義をしておられますが、あの人はきちんと国文学を勉強したわけではなく、平林さんのおっかけをしていた人なのです。平林さんはそういう人なので、やはり大阪の教育界というか、特に女子教育界の名士でした。若い時からずっと、それこそ三十何年ずっと校長でしたので、そのまま大阪女子大学の学長になられたのです。

――そのころは、学長選挙をせずそのまま続けるということができたのですね。

片桐　しかし、大学になると、学長の選挙規定を作らないと文部省に認可されないということで、選挙規定ができました。暫定の移行期間として、最初の任期四年間は平林さんを選び、その四年後には選挙をするということになりました。

関西大学では、現役教授が学長を兼ねる形になっていますが、国公立大学はそうではなく、学長になってしまうと教授はやめないといけない。特別に一コマぐらいなら持てますが、それは一時的に教

大阪女子大学学長　平林治徳氏

授を兼任する形になって、学長が本職なのです。教授と学長は、全然次元が違います。教授は教育職ですが、学長はそれを越えた存在です。学長は事務職だとか行政職だとか言う人もいるが、これも間違っています。そうではなくて、それを越えた存在、両者を統括する存在なのです。

――それで、平林さんの後任として行かれたのですか。

片桐　そうです。平林さんが学長になられたので、教授のポストがひとつ空くとことになったのです。でも、学生をこよなく愛しておられるので、学長専任になって、ご本人は嫌だったらしい。それで、女専時代と同様に一般教育の「文学」を一つだけ持たれ、『源氏物語』をやっておられました。

しかし、それでも、制度上は、学長と教授職は別のものになったので、教授職が一つ空いたのです。教授のポストは他の学科へまわして、国文学科は助教授を採ろうということになって、私が行くことになりました。

ですから、私が平林さんの実質上の後任という形になるのですが、十月に勤め始めて、十二月に突然平林さんは亡くなってしまわれました。それで、大学葬ということになったのですが、学生諸君がみな黒い喪服を着て泣いているのを見て、「なんときれいな学生ばかりいる大学に勤めたことか」と幸せに思ったものです。女性は喪服が似合うのです。
『源氏物語』の講義で有名だった平林先生の後任だったので、平安朝を採ろうということになったわけなのです。十月から行きましたので、講義はあまりありませんでした。けれども、亡くなられた平林さんがやっておられた後を継いで、一般教育の「文学」で『源氏物語』をやりました。十二月からですから、ほんの数回しかやりませんでしたが、初めて大学で教えるので、かなり緊張した記憶があります。

〈大阪女子大学の先人たち〉

――先生が大阪女子大学に赴任されたときに、おられた先生方に関する思い出をお話しください。

片桐　生存しておられる方は、国史の村山修一先生と中国文学の高馬三良先生だけになりました。私が所属していたのは国文学科ですが、小さい大学でしたので、国史専攻と中国文学専攻も含まれていました。

国史の村山先生は玉上先生と同い年。同い年の人で有名な国史の学者としては、故林屋辰三郎さん、奈良本辰也さん、それに今もお元気な角田文衛さん。京大の史学科で秀才揃いの学年だったのです。

その中で、村山先生という方は、特に実証的な学者でした。趣味として、蝶の収集をしておられて、日本全国のみならず外国にも行かれて蝶を採って来られる。お宅で標本を見せていただいたことがあるのですが、学問も標本と同じやり方で、史書を全部読んで、データを採って、カード化して、それを並べていく標本みたいなやり方。だから、史料の羅列であって学問ではない、と悪く言う歴史学者もいるのですが、私から見れば、非常に優れた業績を残されたと思います。

――大阪女子大学に勤務される前から知っておられたのですか。

片桐　私は大阪女子大学に勤める前に、村山先生の『日本都市生活の源流』という本を読んで感激した記憶があります。こんな偉い人がいる大学に勤められるなんて、と考えたのも、大阪女子大学を選んだ理由の一つです。助教授という名前に引かれたことも事実ですが、玉上先生と村山先生は屈指の学者だと思って、喜び勇んで大阪女子大学に勤めたのです。

その後、村山先生は今、改定されて人物叢書に入っている『藤原定家』を書かれました。その前に『明月記』という本も書いておられて、『明月記』をデータにして、藤原定家の生涯を綴っておられます。古典を書写したという記録も、みんな『明月記』によっておられます。それで、「『明月記』に書かれていなくても、何年何月何日に書写したという奥書を持った『古今集』や『後撰集』がたくさんありますよ」と申し上げたら、えらくごきげんが悪くなったのを覚えています。その後、神仙思想や、陰陽道の方に興味が変わってきて、そちらの方でも立派な業績をあげておられます。

晩年は、名古屋の愛知学院大学に行かれました。橋本初子さんという、何年か前に角川源義賞をもらった人なのですが、この人は今、京都のある大学の教授になっていますけれども、村山先生の教え子で学者になっているのは、この人だけと言ってもいいでしょう。愛知学院大学にまでついて行って、そちらの大学院を出て博士になっています。京都府総合資料館とか醍醐寺の資料館とかにも勤めていて、村山先生と同じように非常に実証的にやっておられます。

——国文学科の先生はどなたがいらっしゃいましたか。

片桐　玉上先生のことは、またあとで言うこともありますので省略して、大谷篤蔵先生についてお話ししましょう。いま奈良女子大学の助教授をしている大谷俊太君のお父さんです。私も酒好きですが、大谷先生も酒好きでよくご一緒しました。当時、大阪の長居の一戸建の公団住宅に住んでおられて、そこでお酒を飲むと「今から帰らなくてもいい」と言われて、泊めていただいたこともありました。その頃、私は結婚前で明石から通っていたので、帰るのは大変だったからです。そうして、翌日幼稚園へ行く大谷俊太君といっしょにお宅を出て、出勤した記憶があります。

この大谷先生は、大変豊かな人間性を持っておられました。特に、見習わないといけないなあ、と思いながら全然見習えないのは、人の話を聞くことでしょうか。人の話を聞くのが非常にお上手で、聞いてもらっているほうが満足してしまう、そういうタイプの方です。ですから、学問も自分から積極的に業績を作っていくというタイプではありません。しかし、江戸時代の手紙や何かで、こちらが読めないのを、すらすらと読んでくださる。大変な学力がありました。若いときは、天理図書館に司書研究員でいて、そこで中村幸彦さんや木村三四吾さんをはじめとする、厳しい雰囲気の中におられたわけですから、学問的に非常にきっちりしておられました。今のように研究業績を点数で評価する時代には、このような学者は育たなくなるでしょう。

――ご著書にはどのようなものがありますか。

片桐　岩波の『古典文学大系』の『芭蕉句集』が有名ですが、資料中心のものや、やや趣味的な本も出されました。江戸時代の俳人・文人のことが中心ですが、文章は、非常に深みがあるのに軽く書いていて、しかも肩に力の入らないタイプでした。

いま、「老人力」という言葉がはやっていますが、若いときから老人力という感じの人でした。酒を飲んでもめったに興奮なさらないのですが、ちょっとおっちょこちょいのところもありました。ご一緒しているだけで楽しい方でした。こういう学者はどんどん減っていくんじゃないかなあと、自分自身を反省しつつ思っています。自己主張をほとんどされないので、私としてはいささか物足りなく感じたこともあるのですけれども、非常にすばらしい人で、優しい人でした。

――境田先生もおられたのではないですか。

片桐　私が勤めた時、境田四郎先生は国文学科の最長老でした。秋田出身ということもあって、秋田風の発音を交えて「境田スロウ」というあだながついているくらい、何でもスロウで、講義が終わる時間ごろに学校へ来られるという状態でした。萬葉旅行へ行こうということで、私はせっかちなので集合時間の三十分ぐらい前に行って、学生もそろそろ集合していたのに、いつまで経っても来ない。

境田四郎教授、美人揃いの片桐ゼミと記念写真。
（1965年３月、卒業式の日）

四時間ぐらい遅れてから、「待たせたなあ」と言って出てこられるのですが、全然悪気はない。これでは困ると思って、それ以来、萬葉旅行には行きませんでしたし、他の用事でも、待ち合わせることは一切しませんでした。そういう面でユニークな先生でした。

この境田先生の学問は、澤瀉先生流の萬葉学。澤瀉先生は訓詁、注釈が中心なのですが、境田先生はどちらかというと表現論的な面を開拓されました。萬葉集の枕詞とか序詞とか、今はあまり引用する人はありませんが、当時は必ず読まなければならない論文でした。要するに、スロウぶりに対して、みな腹を立てながらも、憎めないので、人気があった人です。

――始めに、高馬先生のお名前が出ていましたが。

片桐　高馬三良先生ですね。この人は、中国文学をやっておられて、吉川幸次郎さんの前の京都大学教授であった倉石武四郎さんの著とされる岩波文庫の『毛詩抄』をほとんど一人でやられたということを聞いています。昔の学者は、弟子の教育のために、自分がやるのではなくて、弟子に書かせるというのが普通でしたから。

右、大谷篤蔵教授　左、高馬三良教授
（大阪女子大学、帝塚山学舎）

大変な業績なのですが、倉石武四郎さんの名前しか出てきません。当時、先生のかわりに書くということは珍しくなかったのですが、やはり、欲求不満があって、高馬先生は若いときからかなり屈折してしまったなあ、というのが率直な印象です。大阪女子大学を定年退職された後、私が神戸松陰女子大学へお世話し、姫路から通勤しておられましたが、かなり前に退職されました。

最近は二宮尊徳に凝っておられるとお聞きしたので、小田原の鉄心斎文庫伊勢物語文華館に行った帰りに、二宮尊徳記念館へよって、絵葉書をたくさん買ってお送りしたのですが、返事もきません。どうしておられるのか、と気にはしているのですが、ご無沙汰しています。

そのほかに、中世文学の佐野道《とおる》さん、近代文学の明石利代さん、書道の木下薫さんが私が就職した昭和三十四年におられました。

――先生が行かれてから、若い方を採用されていたようですが。

片桐　私より先に勤めておられて、一年半だけご一緒した人に、渡辺実さんがおられます。国語学、文法の最高権威ですが、『伊勢物語』なども好きだと言うことで、新潮古典集成の『伊勢物語』を担当しておられます。奥さんの望月洋子さんは、「ヘボンの伝記」(『ヘボンの生涯と日本語』)で読売文学賞をとられた才媛です。大阪女子大学の卒業生で、渡辺先生は卒業生と結婚したのです。「片桐君、やはり『洋』が名前についている人は頭がいいよ」などと臆面もなく私に言っておられました。その後、京都大学の教養部へ変わられました。

その渡辺さんがやめられて一人空きましたので、国語学をということで、私の一年下の川端善明さんを迎えました。この人も京都大学の教養部の先生になられたのであまり長くはいなかったのですが、難しい文法論、と同時に新潮古典集成の『今昔物語』を共著で出しておられます。

とにかく、この時期、非常に優秀な人を次から次へとよんでくるのですが、すぐに他の大学へ行ってしまうのです。

小さい大学ですから、物足りなかったのでしょうけれども、私の性格はその逆で、小さい大学、弱い大学だからがんばろうと思いました。さきほど言いましたように、玉上先生とか村山先生とかその道の大家がいらっしゃったので、一流大学だという気でずっといましたので、私も他大学からお声がかかったことが一、二度あるのですが、やめる気持ちはまったくありませんでした。「教養部の先生などにどうしてなるのかなあ」と私は内心思っていたのですが、やはり京大教授という名がよいのか、皆さん結構喜んで出て行かれました。

――橋本四郎先生は、どのような形で大阪女子大学にこられたのですか。

橋本四郎氏と

片桐　橋本さんも私がよんできたのですけれども、あの方は京都女子大学におられたのです。橋本さんより私の方が四つ歳下なのですけれども、非常に熱心で真面目な人で、年下の私の方から言うのもおかしな表現かもしれませんが、非常に助けられました。国語学・萬葉集の研究家で、角川書店の『古語大辞典』の編纂にも最も力を尽しておられましたが、惜しいことに昭和六十年に急逝されました。現在、あのころの大阪女子大学のことを思い出しても、語る相手がいない、というのは非常にさみしいことです。橋本さんが生きておられたらよかったのになあ、と時々思います。惜しい人を亡くした、という気持ちが、いまだにずっと続いています。

7　和歌史研究会とその活動

〈和歌史研究会とその人々〉

――同学の人が集まる研究会は、現在至る所に見られれますが、戦後の国文学研究史の中で非常に大きな影響を与えたものとして、和歌史研究会があります。その和歌史研究会発足の経緯を少しお話しいただきたいのですが。

片桐　昭和三十五年（一九六〇）十月十五日に和歌文学会第六回大会が、東京都文京区の跡見学園短期大学で行われました。この時私は初めて和歌文学会に出席したわけですが、先程申しました「後撰和歌集の本性」という論文が、当時既に学界に認められていましたので、「ぜひ一度会いたい」と言って下さる方がたくさんいらっしゃいまして、その方々に勧められて出席したわけです。私自身、非常に幸せだと思っておりますのは、私の研究が発端となって、一つの「時代の流れ」が出来たことです。たとえば、『宇津保物語』を手がけた時には「宇津保物語研究会」が発足し、その中で論集三冊、そして古典文庫の前田家本の翻刻、さらに、総索引という形にまとまりました。一方、私の『後撰集』研究によって、平安時代の和歌の研究が、今までと違う角度から見直されるようになったのではないかと思っております。「和歌史研究会」についても実は同様のことが言えるのです。当時は、よく言えば文学的、と言いますか、文学者としても有名な山本健吉さん、窪田空穂さん、窪田章一郎さん、小島吉雄さん、安田章生さんらが、講演などをされていました。また、研究発表でも、山口博さんの「檜垣嫗集の虚構」など、現在から見ると当たり前と思われることが盛んに発表されていましたし、「この歌はよろしい」とか「あの歌人は魅力がありますね」といった内容だけの発表も多くありました。しかし、そのような研究発表ではもの足りないという人が若手の中にたくさん出てきまして、その和歌文学会第六回大会当時のメンバーが集まって、「和歌史研究会」の礎が出発したわけです。

――発足当時の中心メンバーには、どのような方がいらっしゃったのでしょうか。

片桐　中心になったのは、橋本不美男さん、藤平春男さんのお二人です。藤平さんは、文学的感覚を持つ一方で、大変な理論家でもいらっしゃいますが、たとえば、外国文学の方と一緒に出された『文学論研究』などは、世界の文学の中での日本文学の文学性を明らかにした名著です。私はこれを何度も読み、国文学概論などの講義にも参考にさせていただいたほどです。また、藤平さんは、どんな人にでも論文に対する丁寧なお礼状を出す、そういう人でした。文献そのものを研究すると言うより、文学研究の論文を客観的にきっちりと評価し、どう研究史を跡づけていくか―いわゆる文学研究の意義というものを問題にした人と言ってよいでしょう。その見識と気骨は素晴らしいとしか言いようがありません。

そして、その藤平さんとペアになって、和歌史研究会を盛り立てられたのが、橋本不美男さんです。橋本さんは、文献学、書誌学的立場から研究された人ですが、最近、また必要があって、橋本さんの『原典をめざして』を読みました。私の『拾遺集』研究にそのまま基づいて書かれている部分が多々ありましたので、出版当初は、少しもの足りないなあと思っていたのですが、今読み返してみますと、これは大変な名著であると感じました。ぜひみなさんに読んでいただきたい本です。この橋本さんは、前にも申しましたように、宮内庁書陵部で大変な仕事をされ、他にも、『王朝和歌史の研究』『院政期の歌壇史研究』などの名著を出され、実証主義を貫いておられます。笠間書院の出している『リポート笠間』の古い号で、「売れなくなる書評」という変わった特集があったのですが、その時、実は私は橋本さんの『王朝和歌史の研究』の書評を書かせていただいたのです。「売れなくなる書評」ですので、かなりきついことを書きましたが、要はおっしゃりたいことをなかなか書いてくださらないのでまどろっこしいということです。しかし、控えめ、抑えめの論述から、読者がそれを超えるものを抽出して読めば、大変な名著だと思います。

――ちょうどそのころ、国文学研究資料館が創設された、と聞きましたが。

片桐　そうです。この頃、国文学研究資料館創設の話が持ち上がっていました。最初は小島吉雄さんが学術会議で提案され、谷山茂さんもそれを受け継がれたのです。私自身、本心はあまり賛成ではなかったのですが、はっきりした態度で示しませんでした。作れる時に作っておいた方がよい、何か役に立つこともあろうと考えていたからです。ところが、藤平さんは堂々と反対しておられました。その反対の理由は、資料を国家権力が収奪してしまうことの弊害です。しかも、本物は買えないので、マイクロフィルムで写した写真を収集することになるわけですが、それを見た若い人が、「本物を見た」と思い込んでしまうマイナス面を予見しておられたように思うのです。特に後者については私も最近その思いが切実です。私の経験で言えば、たとえば、二荒山神社に泊まり込んで毎日神主さんとお酒を飲みながら『後撰集』二荒山本を見た、というのは、大変貴重な経験となっております。何度も日参して苦労して見てゆく、このように人間と人間の出会いの中で見せてもらった方が、資料の価値も実感できるし、自分の人生のどこかでプラスになるのではないかと思うのです。しかし、大半の人が便利さを求めていましたし、また、資料館発足の中心になった人はとても熱心に努力されていました。他の分野にはあるのに、国文学にだけ資料館がないというのも不都合なので、結局のところ、私は、資料館を作ることに賛成という立場をとってはいました。

――ところで、発足当時の和歌史研究会のメンバーの中には、藤平先生、橋本先生以外にはどういった方々がいらっしゃったのでしょうか。

片桐　特に中心となって活動していた方の中に、福田秀一さんがおられます。「和歌史研究会は共済組合であるべきだ」―これは、お互いに学問を助けるという意味ですが―とおっしゃって、会報の原稿集め、毎月の研究会の事務局を全部一人で引き受けておられました。とにかく事務能力のすごい方で、非常にお世話になりました。合評する論文をコピーにして皆に送るというような世話までなさっていたのですから、すごいものです。しかも、驚くのは、十カ国語ぐらい話せるほどの外国語を修得されていることです。最近、私の『古今和歌集全評釈』を贈呈しましたところ、「こんな貴重な本を送っていただいて申し訳ありません。私はもう今後、『古今集』の勉強はおそらく出来ないと思いますのでお返しします。どうぞ有効にお使い下さい」というお手紙とともに送り返されてきて、びっくりしました。

福田さんとともに忘れられないのは、井上宗雄さんです。井上さんは、和歌そのものを研究するというよりも、歌人、またはそれに準じる人たちが、どういう立場で和歌を作り、古典を注釈していたかを研究されていて、これを「歌壇史」と称しておられます。井上さん御自身は俳句も得意ですし、文学的感覚も非常にある人なのですが、あえて文学的内容には触れないで、歌壇史研究という当初の趣旨を徹底的に貫いた人だと言えると思います。その後、歌壇史研究は平安時代から江戸時代初期まで範囲を広げておられますが、学界に対する貢献、業績は本当に素晴らしいもので、いつも見習いたいと思っている次第です。

——みなさん、東京の方々ですね。

片桐　その頃の和歌史研究会は東京の人が中心でした。他の地域では、北海道の藤岡忠美さん―その後、神戸大学に来られましたが―と、犬養廉さん、名古屋の方では樋口芳麻呂さん、後藤重郎さん、島津忠夫さん（当時）らも、和歌史研究会創立当時からのメンバーです。皆、非常に真面目な方々です。その他では、今ではあまり名前は出て来ないのですが、北海道の小樽商大におられた細谷直樹さんが個性的な方で印象に残っています。関西では濱口博章さん、九州では今井源衛さん。これらのメンバーが集まりながら、和歌史研究会において、今までの和歌文学会では出来なかった仕事を目指そうとしていたわけです。

――では、具体的に和歌史研究会で行われたお仕事にはどのようなものがあったのでしょうか。

片桐　会員の情報交換を目的とした『会報』を季刊で出しました。その他の仕事としては、『私家集伝本書目』があります。全国にある私家集のすべてを会員が現物を確認して歩く、という方式で行い、各図書館の分類番号もすべてあげております。そして、これを基にして出来たのが『私家集大成』です。昭和四十八年に第一冊の「中古I」が出ていますが、『私家集伝本書目』を経てほぼ十年経って『私家集大成』の一冊目が出たわけです。これは今でも学界における役割は大変なものがありますし、あえて出版を引き受けていただいた明治書院にも感謝しております。また、会員全員が自分の専門外のものまで分担しており―私も鎌倉時代の私家集や、『十市遠忠集』という室町期の家集も扱いました―、この『私家集大成』は和歌研究史における重要な業績であると自負しておりますし、本文に関しては、校訂していませんので、後の『新編国歌大観』よりも信用のおけるものになっていると思います。再版では読み間違いなどをかなり改めていますので、初版しか持っておられない方は再版の方にも目を通していただければ幸いです。その間、昭和五十年に、井上宗雄さんを中心に『私撰集伝本書目』が和歌史研究会と類題和歌集研究会の共編で作られましたが、『私家集大成』が和歌史研究会の最大の業績だと言い切ってよいと思います。

――会員もだんだん増えてこられたことでしょうね。

片桐　たしかに会員もだんだん増えてきて、当初の三倍ぐらいの人数になっていました。「和歌史研究会」が発足した当時は、「和歌文学会」の関係者の方たちから「軒を借りて母屋を取った」と言われていましたが、その方たちも、みずから「入りたい」とおっしゃるようになり、ついに年齢制限を作ることになりました。上限を五十歳ぐらいに決めたかと思います。今井源衛さん、そして、今井さんより少し上の森本元子さんらが最年長の会員でした。一番若い人では大島貴子さん。一つ上に平野由紀子さんがおられました。そして、会員を増やさないかわりに『会報』講読希望者のために「誌友」を設けたのですが、それを含めると何百人という数になってきたのです。このように、和歌史研究会は昭和三十、四十、五十、六十年代における和歌研究の中心であったと思いますし、今日の和歌研究にも大きな影響を与えていると思っております。

8　中古文学会のこと

〈中古文学会の創立〉

――中古文学会は今、会員数千五百人を超える全国規模の学会で、平安文学の専門の研究家が集まっているんですが、この中古文学会の結成は意外に遅くて、戦後も昭和四十年代に入ってからのことだとうかがっています。どうしてこういう平安文学研究の中心となる全国規模の学会の結成が遅れたのか、おうかがいします。またその成立の経緯や、成立の当初中心になって活躍しておられた方々についてお聞かせ頂きたいと思います。

片桐　この前、田中重太郎さんの平安文学研究会についてお話ししましたが、それまで平安文学関係の学会がなかったと言えば、田中さんに叱られるんじゃないかと思います。戦前・戦中から皇朝文学研究会があって、今残っておられる人では三谷栄一さんくらいの世代の人たちでやっていたそうです。これは東京中心でしたが、それに続いて作られたのが、京都の平安文学研究会です。

京都から出発したということと、田中重太郎さんが立命館大学予科の教授をしておられたので、国公立大学系統の人達が近付いてこないということがあって、かなりの活動はしておられたのですが、会そのものは私的なものから抜けきれない面も持ち合わせていました。しかし、それでも、前に述べましたように、昭和三十年代には、全国的な学会という形は整っていましたから、中古文学の全国的な学会が全くなかったと言うと異論を唱える人がいると思うのです。

そんな中で、田中重太郎さんの平安文学研究会の活動が活発になればなるほど、このままではだめなんじゃないかと言う人たちが多くなって、この会を発展させて新しい会にしようという考え方と、全く新たに作ろうという考え方と両方が出てきました。しかし、結論は後者になり、第一回大会が昭和四十一年十一月五日に東洋大学で行われましたが、その少し前に、設立準備会がやはり東洋大学でありまして、私もまだ二十歳代だったと思いますが、指名されて出席した記憶があります。

東洋大学の中心人物である吉田幸一さんは古典文庫をやっておられるという実績もありますし、平安文学研究会の援助までしておられたように、田中重太郎さんとも親しい関係でしたので、平安文学研究会との間をスムーズにやっていくためにも、吉田幸一さんが中心人物になるのが一番良いのではないかということで、東洋大学で事務局を引き受けていただいて、第一回の大会も昭和四十一年十一月の五日と六日の二日間にわたって東洋大学で出発の総会が行われたのです。

――第一回大会はどのような会でしたか。また、特に思い出深いようなことはありましたか。

片桐　この時の発表者は、角田文衛さん、安田喜代門さん。安田さんは『古今集時代の研究』という、あの時代としては大変な名著を書いていて、私もよく読んで尊敬していました。そして研究発表の最後に「中古文学と所謂古筆資料の意義」という題で久曾神昇先生が発表されました。この当時は「古筆資料」に「所謂」を付けないと発表できなかったんですね。やはり古筆資料は当時特殊な物だったので、質問する人が今ならたくさんいるのでしょうが、当時は誰もいなかったので、私はこの時司会をしながら質問した記憶があります。

例の「わくらばに問ふ人あらば須磨の浦に藻塩垂れつつわぶと答へよ」という歌の古筆切、これはどう見ても私家集の切なんですが、これは『行平集』という今まで知られていなかった私家集の新資料だという趣旨で発表されました。しかし、『業平集』の系統の中にこの歌を含んでいる本があるので、「これは『業平集』とは考えられませんか」と質問をしたんです。そうしたら、非常に不快な顔をされて返事がなかったので、私は、まずいことを言ったなあと気にかかって、それ以来、久曾神先生を敬遠して近づかないという状態が続いていたんです。こんな個人的な思い出もありますが、この時が中古文学会の最初の大会でした。

——第二回大会は片桐先生のおられた大阪女子大学で開催されましたが、開催の経緯や、その時の思い出などお聞かせください。

片桐　その後、関西でも学会をやれということで、やはり田中重太郎さんにお願いするのが筋だと私は言ったのですが、どうも具合が悪くて、玉上先生が引き受けられ、大阪女子大学で開催することになりました。昭和四十二年（一九六七）十一月十八日でした。この時の発表者も大変なメンバーで、なんと一日目の司会が谷山茂さん、発表は田中重太郎さん、楠道隆さん、林和比古さん。論争をさせれば枕草子ですごいけんかになりそうなメンバーですね。他に藤岡忠美さん、関根慶子さん、小西甚一さん、三谷邦明さん、室伏信助さん、萩谷朴さん、松村博司さん、清水文雄さん、門前真一さん、篠原昭二さん、この人がもっとも若かったと思います。それから、松尾聡さん、というような大変なメンバーでした。大学院生ばかりの今の発表とは大違いです。ほとんどは私がお願いして発表していただいた人です。

学会というものは、発表者を公募して受け付けるだけでは大学院生ばかり発表することになるので、多少の工夫が必要です。研究者として実績のある人が発表しますと、そのような場で発表した大学院生も値打ちが出てくるんです。大学院生ばかりが並んで発表しても、なんの感激もありません。自分の大学の大学院生だけでもてあましているのに、他大学の大学院生の発表まで聞いていられないという気持ちになってしまって、あまり真剣に聞いていない先生方も多いのではないかと思います。やはり、学会は、ある程度盛り上がるためのプロデュースが必要だとその時実感しました。これが、第二回大会でした。第一回・第二回大会を東京と関西で開催したことにより、中古文学会は全国的な学会として実質的なスタートをしたと言ってよいかと思います。

——今の学会は当時と比べてずいぶん様子が変わってきたのではないかと思いますが、中古文学会成立当初の様子や、その後の発展はどのようなものでしたか。また学会のあり方などについてお考えがありましたらお聞かせください。

片桐　当初は会長制度というのがありました。今は規則が改正されて会長はいませんが、当時は山岸徳平先生が会長で、いつも一番前に座って研究発表の最後に全体の講評を必ずされました。山岸先生が亡くなられてから、次の会長を誰にするかという議論もありましたが、一番大変なのは事務局なので、事務局の代表者が代表委員として会を代表すべきだということで、今の形になりました。

変な話ですが、学会の代表委員というのは、わりあい権力があるんです。最近では大学はつぶれる方が多くて新しい大学はあまりできないんですが、新しい大学ができる場合には、文部省の教員審査というのが必要です。大学ができてしまえばそれぞれの大学の教授会が独自に人事を決められますが、完成年度までは文部省の監督下にあるので、大学教員審査会が審査するのです。学会の代表はその審査委員になることが多いのです。これは意外に知られていません。それだけに、一人の人が続けて会長の座にいるより変わってやった方がよいとは思います。

こんな形で中古文学会は発展してゆきました。その後も、ずいぶん色々な所で大会を開きました。大阪でも、大阪樟蔭女子大学の原田芳起先生に引き受けていただきました。それから、京都では同志社大学や京都女子大学、兵庫では神戸大学、また、西の方では岡山大学、比治山短期大学、ここには和泉式部研究の大家清水文雄さんがいらっしゃいました。九州大学では今井源衛さんが引き受けてくださいました。こんなふうに随分あちらこちらで開催され、文字どおり全国学会になっていきました。

――最近では、中古文学会はずいぶん会員数も多くなったようですが。

片桐　規模は大きくなり、先程の話のように会員も多くなって、会員の人たちが『中古文学』はもちろん、それ以外の場で発表する論文数も数えられないほどすごいものです。学会としては盛り上がっているとしか言いようがないのですが、やはり、昔の少人数の時の方が精選されてすぐれた研究が発表されていたという面も否定できないんです。ですから、今後は量だけではなく質的な向上をはかるためにいかに学会を運営してくかということが大事なテーマになってきます。申し込めば誰でも発表できるという形では具合が悪いのではないかと思うのです。量的な繁栄よりも質的な繁栄のためには、学会は厳しくないといけないと思います。

国文学は、外国語も使わない、ただちょこちょこっと調べて、ちょこちょこっと発表しているという印象が非常に強いんですが、それではあまりにも安易すぎます。好きなことをやらせてもらっている研究者は、自分に対して一番厳しくないといけないのではないでしょうか。厳しい討論、質疑応答がないと学会を運営してゆく意義がないのではないかと思います。ですから、研究発表が二十五分ならば、質疑応答もせめて二十分くらいは必要です。「もう時間も押しておりますから」とよく言いますが、そもそも「時間が押す」という表現はいつごろから生れたのでしょう。古典文学を研究している人は時流に乗った物言いは押さえてもらいたいと思います。それほどの緊張感が学会には欲しいと思うのです。

――中古文学会の事務局の受け継ぎや、それに伴って活躍された方々の思い出などはいかがですか。

片桐　全体の事務局は先程言いましたように、先ず、東洋大学の吉田幸一さんが引き受けられて、その次が学習院大学の松尾聡さんが引き受けられました。松尾さんはとにかくまじめな方でした。学習院大学で大野晋さんといつもけんかしていらっしゃったというのがよく分かります。大会に行きましても、松尾先生がみずから受付に座って領収書を書いておられました。その頃の会費は、今の振り込み制と違って会場の受付で納めていましたから、私は松尾先生直筆の領収書をずいぶん長い間持っていたのですが、震災で無くしてしまったのは残念です。そんな風に非常に律儀な方で、人に仕事をやらせて自分は威張っているのではなくて、何でも自分でなさるというタイプの人でした。吉田幸一さんも古典文庫をなさっている時には「会費未納の分お払い下さいまし」等とご自分で一筆書いてこられるような、非常に律儀な人なんですが、学会運営は神作光一さんなど若い人に全部任せておられました。それに対して、松尾先生は全部自分でされていたのが印象に残っています。

その後は早稲田大学や専修大学など、東京の色々な大学が事務を担当しておられたのですが、東京ばかりでは困る、関西でも引き受けてほしいというので、最初は同志社大学が引き受けました。実際に引き受けてみると大変なので、私たち関西地区居住の委員も協力せざるを得なくなりました。同志社大学で二年間事務局をした後、せっかくだからもう少し関西でやってほしいということで、甲南女子大学で二年、それから武庫川女子大学で二年、合計六年間関西に事務局がありました。

事務局所在地域にいますと、やはり常任委員会等に出て発言する機会が出来ますので、良かったと思います。若手の人にも自覚と責任が意識されたと思います。もっとも私も当時は年齢的には若手だったのですが。全国の大学の三分の二、全国の出版社の十分の九は東京にあるのが実状ですから、学会の運営も東京中心にならざるをえない面はあるのですが、何でも東京だけに任せておくのは問題だと思います。

その後、名古屋の金城学院大学で二年間引き受けてくださって、それからまた東京へ戻ってずっと続いているのが今の状況です。あまり委員会等で積極的な発言をすると、「じゃあまた関西でやってください」と言われそうなので、誰もあまり発言しないと言うのが今の実状だと思います。

9 『後撰和歌集総索引』とひめまつの会

〈『後撰和歌集総索引』の刊行〉

――先生は昭和四十年に『後撰和歌集総索引』を出版しておられまして、その三年後に、ひめまつの会とともに『紀貫之集総索引』を出版されました。特に現代のようなコンピューターのある時代では、索引はいくらでもできるのですが、先生には索引作りに関してあるお考えがあるというのをかねがね伺っております。これらの二つの索引が作られた経緯、あるいはその仕事に従事された大阪女子大学の方々について少しお話をお聞かせください。

片桐　『後撰和歌集総索引』が出版されたのが、昭和四十年（一九六五）十二月でした。今から考えると不満な点も多いのですが、準備を始めたのはそれより三、四年前です。これは大阪女子大学創立四十周年記念出版として予算を大阪府からもらって出版したものです。大阪府の経済は、現在は谷底ですが、山の時代もあって、上がり下がりします。この頃は千里の万博の前で、大阪府全体が盛り上がっていました。一番良い時代だったと思います。大阪女子大学も本当なら建物を建て直さないといけない状況だったのですけれども、当時の帝塚山学舎は狭過ぎたので移転が必要だったのですが、移転先について議論百出してまとまりそうになかったんです。そこで本来ならば四十周年記念として建物を建てるべきなのですが、記念出版にしようということになりました。私は『後撰集』をやっていたので、『後撰集』の索引と考えました。『古今集』の索引については、西下さん・滝沢さんの『古今和歌集総索引』が出たばかりでしたが、これは数字が並んでいるだけで本文が無いので非常に使いにくかったという経験

玉上琢彌先生・御令息信明君と。『後撰和歌集総索引』を作成した頃の学生との卒業旅行。

から、もう少し使いやすい、文学的索引と言うと少し大袈裟ですが、歌語研究・和歌表現研究に役立つ索引を作ろうということになりまして始めました。

――その頃はコンピューターも普及していませんよね。どんな方法で索引を作られたのですか。

片桐　コンピューターがない時代なので、カードを使いましたが、カードは図書館の図書カードの大きさにしました。というのは、大量のカードを利用する場合、あの図書館のカード箱を利用する、つまり既製品を使うのが一番便利ですので、研究費をもらって何十箱と、まるで図書館を作っているような感じで買いました。これは玉上先生の提案でした。

大体一首について二十五枚から三十枚のカードを、B４の紙を八つに区切って作り、それぞれに『後撰集』の歌を番号とともに書いていく。番号は旧国歌大観の番号で、今の新編国歌大観番号とは一番違うのです。それは、前の『国歌大観』が今の『新編国歌大観』の天福本より重複歌が一首多いからです。その後、同じ定家本でも天福本が一般的になって来ましたが、それ以前は北村季吟の八代集抄本だったので番号が違うんです。しかし、底本は天福本とし、「定家本三代集」として複製が出ている高松宮本を使いました。これは現在冷泉家にある『後撰和歌集』定家自筆本を江戸時代に透き写して、全くそのままに書写したものです。朱の書き入れも全くそのまま書き入れている模写本、複製本と言ってもよいものです。これを使っていましたので、歌は天福本と一致しますが、番号はその時代使われていた旧『国歌大観』の番号だったので、番号だけあって歌がない欠番が一つできました。

――具体的な作業の手順はどのように進められましたか。

片桐　とにかく、定家自筆の天福本の透写本を底本にして、その言葉を五・七・五・七・七と五つに分けて五行に書き、それを今のようにコピーはありませんから謄写版で刷ります。切断してばらばらにする前にB４の大きさのままで八首の歌の品詞分解します。品詞分解と言っても、いわゆる文法的な品詞分解ではダメだというのが私の考え方で、例えば、文末に「もがな」とあると、文法的に言うと「がな」で一単語なので「がな」でも引くことができるし「もがな」でも引くことができる形を考えました。つまり、文法的な面からも引けるし、もう少しまとまった熟語的なものからも引くことができるという形です。

これを赤鉛筆で一枚ずつ囲んでいく。つまり、五・七・五……の一番上の単語から、「あしひきの……」なら「あしひきの」から囲んでいくのです。だから、二枚目は二つ目の単語に赤で丸を付ける、三枚目は三つ目に……というふうです。そんなふうにして二十五枚程度作ったら足りると思ったのですが足りない時もありましたので、途中から三十枚にした記憶があります。そして、それを切って八枚のカードにして、赤で囲っている単語を五十音順に配列して図書カードの箱に並べていくんです。この間、昭和三十七年・三十八年と続けて文部省の科学研究費をもらい、大阪府からも特別研究費をもらって作業を進めました。この方法は非常に良いやり方で、コンピューターのない時代には最高の方法だと思います。しかし、図書館の一角をなすくらいのカード箱になりました。

次に詞書がまた大変でしたが、詞書と作者名の索引を和歌と、同じようにして作りました。本当は助詞・助動詞も用例を挙げるべきだったんでしょうが、それでは本が大きくなりすぎるので、付属語は番号だけを記し、自立語は全て用例を示しました。詞書は前後のある程度だけを引用したのですが、特に和歌の場合は、一首の中でどのように使われているのかが分かるように一首全体を挙げたのです。

先程申しましたように、大阪女子大学の創立四十周年記念出版でしたので、本が出来たら、すべて無料で配らないといけない、お配りものでないといけないと言われ、それで結構ですといって、府会議員を始め、大阪府の指示通りに、多くの機関や要人に贈呈しました。しかし、この人達は持っていても仕方ないので古本屋へ売る人が多いと思います。すると、それが回り回って若い研究者にも伝わってゆくと考え、大阪府が指示した人と、研究上に必要だと思われる人々をこちらでリストアップして、二千部以上刷って配布したと思います。今から考えると良き時代であったと言わざるをえません。今、大阪府にそれだけのお金を出せと言っても絶対に出ないと思います。

――『後撰和歌集総索引』には多くの『後撰集』が翻刻されていますが、この点についてのお考えや、ここで扱われた諸本について少しご説明ください。

片桐　始めは普通の索引の形でと言っていたのですが、やはり本文を入れないといけないと考え、急遽本文編を作りました。これはほとんど私一人でしました。定家の天福本の透写本を上段に置いて、下段は、その頃私が発見した京都大学図書館にある本を載せました。これは定家本なんですけれども、いわゆる定家無年号本です。無年号本とは、普通なら「天福〇年」とか「承久〇年」とか「貞応〇年」とかいうように定家の書写年号が入っているのですが、これはそういうのが一切入っていない、無年号本です。無年号本をA類本・B類本とに分ける岸上慎二先生の御説に従えば、これは無年号A類本です。この無年号A類本は普通の定家本とは非常に違うんです。定家本のもっとも初期の本だと言ってよいと思います。それから、無年号B類本は、この前も少し触れたと思うんですけれども、亀山天皇の宸翰本で、岩波文庫の底本になっているものです。これはA類本の次にできた定家本と言ってよいでしょう。それから、承久本、天福本というふうに後の定家本になると歌数が減っていく、精選されてゆく。定家という人は精選して絞っていく、無駄な物を省いていく方針を取っていることがこれで身にしみて分かりました。最近ではそれが常識的になってきていますけれども、昔は必ずしもそうではなかったのです。最近では、『源氏物語』でも河内本の方が詳しいのは、青表紙本は定家が校訂して精選している、エッセンスを文章化しているからだと言われているのですが、そんなに単純に言っていいのかなあと、逆に私は最近思っています。とにかく、定家本がどのようにして成立していったか、無年号A類本という系統から無年号B類本になり承久三年本となりというふうに、ずっと定家本が成立していく過程をたどることができました。このような体験によって、その後の私自身の研究にとって一つの「足場」が作られたと思っています。

とにかく、そういう形で本文編の方も作ったんです。ちゃんとした本文が無い時代で、八代集抄本等が普通は使われていたので、そういった面で、『後撰集』のちゃんとした本文を揃えようということで、定家本系統だけではなく異本系統も載せました。定家本系統に貞応二年本を加え、巻十までしか残っていませんが、異本系統の二荒山神社本、片仮名本、それに異本系で全体が残っている堀河宰相具世筆本を翻刻しました。ということで、準備期間も入れると、合計五年くらいかかったと言ってもいいかと思います。

――この索引の作成には当時の学生さんも参加されたんですよね。

片桐　この索引について、私がここで一番言っておきたいのは、大阪女子大学国文学科の二年生・三年生が毎年二十名ずつくらい仕事をしたことです。大阪女子大学国文学科は学生が非常に少なくて、国文学科の定員が四十名、少し多い時で四十二名か四十三名なんですけれども、そのなかに、国語学・上代文学・中古文学・中世文学・近世文学・近代文学と、関西大学と同じように細かく分かれていて、それぞれでゼミが作られているんです。この四十名の定員のうち半分くらいが中古をやっていたので、その中でも、四年生は卒業論文があるので二年生・三年生を中心に仕事をしました。実際には二年生では品詞分類もなかなかうまくいかない場合もあるので、後からこれを見て点検するのは大変なんですけれども、とにかく、そういう形で非常によくやってくれました。校正のときなども印刷所へ行って詰めきりで校正したりしました。玉上先生の著書『源氏物語評釈』は大変な労作なんですが、これもまた、大阪女子大学の学生が協力した部分も多いのです。そういう意味で、あの時代の大阪女子大学の学生は優秀だったなあと、時々『後撰和歌集総索引』をめくりながら、あるいは『源氏物語評釈』を見ながら思い出しています。

〈ひめまつの会のこと〉

――『後撰和歌集総索引』の三年後には、ひめまつの会とともに『紀貫之全歌集総索引』を出版されましたが、こちらはどのような経緯があったんでしょうか。

片桐　『後撰和歌集総索引』を手伝った人たちで、卒業してからも何かしたいという人が出てきたのですが、当時、大阪女子大学には大学院がありませんでしたから、専攻科というのに一年くらい残っている人もいましたけれども、中途半端な感じでした。中には阪口和子さんが大阪市立大学へ行ったように他大学の大学院へ行って勉強を続ける人もいますけれども、ほとんどはそうではなくて、高校の教員などをしながら、もっと勉強したいという人が集まって何かしようということになりました。

初めは読書会程度で満足していたらしいのですが、次第に自分達で何かやりたいと考えて、「何かよいものはありませんか」と言われたんです。私は、やはり紀貫之が非常に重要な人物だ、『後撰集』の経験を活かすなら紀貫之の家集の総索引をやったらどうかと言いました。会の名前も何か付けてくれと言われまして、『古今集』に「我見ても久しくなりぬ住の江の岸の姫松いくよへぬらむ」「住吉の岸のひめまつ人ならばいくよかへしと問はましものを」という有名な歌がありますが、その頃通学に使っていた上町線、今の阪堺電車に「姫松」という駅が大学のそばにあったので、「ひめまつの会」という名前を付けたんです。

『貫之集』の場合、どの本を使うか非常に難しいのですが、陽明文庫へ連れて行って、皆で拝見したあと、陽明文庫本の写真を撮ってもらい、それを使いました。それに西本願寺本など何種類かを校合して、頭注に書く程度ですからたいした校異は書けないんですが、仮名遣いの違いなどは無視して校異を挙げるという形で本文編を作りました。これに対する索引は、『後撰集』の時のように、先のような大阪府の予算でやっている訳ではありませんので、一首全体を挙げることはできず、番号しか挙げられませんけれども、番号を挙げていって自立語・付属語を含めた総索引を作りました。これができたのが昭和四十三年八月です。

——その「ひめまつの会」はどのような人たちの会ですか。また、その後の活動についてお聞かせください。

片桐 『紀貫之全歌集総索引』のあとがきに書いていますが、中心になったのは大阪女子大学の昭和三十九年（一九六四）、翌四十年の卒業の人達が集まって、この時点で二十四名だったらしいんですが、その中には先に言ったように大阪市立大学の大学院へ行った人もいるけれども、概して職場に就いている、あるいは結婚して家庭にいる、そんな人たちが中心になっていました。今から考えるとちょっと考えられないことですが、当時は昭和四十年代の始めなので、女性が一生学問の道を選んでいくということは非常に難しいことでした。今から言われれば古いと叱られそうな気もするんですが、私自身、結婚、就職のいずれを取るかということで悩んだ場合は、必ず結婚するようにとアドバイスしていた記憶があります。結婚したからどうということはないんですが、やはり、古い家庭の人が多いので、今みたいに夫婦だけで生活するというのはなかなか難しい時代でした。まだその頃は私も若かったんですが、若いのに古い言い方をしているなあと自分でも反省しながら、そう言っていたんです。しかし、そういうそれぞれの立場を守りながら、こういう人たちが二十四名も集まってやっていたということが、大変なことだったなあと思っています。

『後撰和歌集総索引』で始めたので、それと同じやり方で、カードは同じように作ったんですが、出版の関係で用例は挙げられなかったというのは先に言ったとおりです。

ひめまつの会ではその後も『平安和歌歌枕地名索引』『詞林采葉抄―本文と索引』など何冊か本を出しているんですが、ごく最近では『類聚古集』の訓の本文と索引を中心にした本を出しました。『類聚古集』は、今まで萬葉学者しか使わなかったのですが、これも平安文学の基本資料と言ってもいいと思います。ひめまつの会ができた頃は監修者として陽明文庫や天理図書館へいっしょに行ったり、また原稿を見たりしていたのですが、最近は忙しくて私は何もしていないんですけれども、活動は未だに続いて『類聚古集訓読総索引』を昨年出したばかりです。最近は、私は何もしていないのですが、『詞林采葉抄―本文と索引』にせよ、この『類聚古集』の訓読索引にせよ、今までの平安和歌の研究者が目を向けなかったものに目を向けたということが、監修者としての私の功績かも知れません。

10　平安文学輪読会と平安私家集研究

〈平安文学輪読会と平安私家集研究〉

——現在、平安和歌研究は、私家集の注釈が全盛で、毎年数冊ずつくらい、かなりマイナーな歌人の歌集まで注釈が出ているんですけど、戦後の研究史をふりかえると、『一条摂政御集注釈』、これが頭注本という形ではない、本格的な私家集の注釈書としては先駆け的な存在になったと思いますが、その本を出された平安文学輪読会の性格とか、その後の活動なども含めてお話しください。

片桐　『天理図書館善本叢書』の『平安諸家集』は橋本不美男さんのお仕事でしたが、私はその月報に「これからは私家集の注釈をやらないといけない」と書きました。そういう願望か予言かが当たって、最近は風間書房、貴重本刊行会、大学堂書店、笠間書院などから、私家集の注釈書がたくさん出てきているのですが、先程言われたように、そのスタイルをある程度作ったのは、この『一条摂政御集注釈』じゃなかったかと思います。

この平安文学輪読会というのは、私が大学三年生の後半くらいから出席しました。その頃は玉上先生が京大の助手、もうかなりの年輩だったんですがポストがないから助手で、講読の授業を持っておられたんです。その玉上先生を囲んで、清水好子さんや中井和子さん、山本利達さん、そういう人たちが中心になって、週に一回研究会を始めようと、恐らく昭和二十六年から始まったんじゃないかと思います。私は昭和二十七年の終わり頃から参加して、それから、森一郎さんも広島大学を卒業してきておられました。最初はこういう固定メンバーで、もう少し後になってから、増田繁夫君が参加しました。一年くらいでやめていった人もたくさんいたんですけれども本当に少人数で、一番多い時でも十人になったことは一度もないくらいでした。最初は文字どおり、玉上先生が京大の助手で、出席している人たちも京大の大学院生や私のような学部の学生でしたから、「京都大学王朝文学研究会」という名前を付けていました。いろんな物をやっていたんですが、論文批評をしたり、特に源氏物語成立論争が非常に激しかったので、それについての討論をしたり、そんなことをしていました。

──どうして『一条摂政御集』の注釈をすることになったんですか。また、注釈を進める中で思い出深いことなどお話しください。

片桐　いつも行き当たりばったりで雑談を交わしていましたから、何かもう少しまとまった物を読まないといけないということになったんです。情報というのは大事なので、特に雑談を交わすというのは学問にとって非常に重要なことだとは思うんですが、それだけではいけないということでやることになったのです。私は大学院に入って『後撰集』をやって、『後撰集』周辺の家集、特に物語的歌集に非常に興味を持っていたんですけれど、注釈書が出ていないものでないといけないので、『一条摂政御集』はどうだと言い、皆さんもそれに同意されました。

これも本になるまではずいぶんかかったように思うんですけれども、一人何首かずつ分担し、発表していきました。特に『源氏物語』など物語を中心に研究している人が多かったので、和歌や詞書の読み方に問題があって、激しいやり取りをした記憶があります。

——底本には伝西行筆本を使われましたよね。

片桐　『一条摂政御集注釈』の底本には伝西行筆本『一条摂政御集』の複製本をコピーしました。これは京大の研究室と私が持っているのしかなかったんです。コピーといっても写真を撮って焼きつけたものです。その時代は印刷物をまず薄い紙にコピーして、青焼コピーを作っていた時代です。ちゃんとした物を撮ろうと思ったら写真しかありませんでした。だから、写真屋に頼んで複製本を撮影してもらって、それを焼き付けて、CHという薄い紙、今でも研究用に使っているような写真に焼き付けて、みなに配ったという、そんな時代なんです。

ところが、その頃、大和文華館に伊藤敏子さんという人がおられました。この人はその後大谷女子大学の美術史の教授になられましたが、今はもう退いておられます。この人は清水好子さんと大手前女学校の同級生ですし、大阪府女専の卒業生でもありましたので、おつきあいがありました。この人がたまたま『一条摂政御集』の所在を知っていると言うんです。私は戦争のために、てっきりなくなってしまったと思っていたんです。益田鈍翁（益田孝）という三井財閥の番頭をしていた有名な人物、佐竹本『三十六歌仙』の切断にも関係している、この人物が以前に持っていた本なんです。これが或る所にあるということで伊藤さんに紹介してもらいました。所蔵者もはっきり分からないんですが、東京銀座の骨董屋へ持ってきてくださり、そこで複製本と両方比べさせていただきました。実物を見て、あらためて素晴らしい物だと思いました。その後、今から五・六年前ですか、東京国立博物館で「詩歌と書」という展覧会があって、その時に個人蔵として現物が出ていましたから、まだその人が持っていることは間違いありません。とにかくすばらしい本で、実物を見て、非常に感激しました。

玉上琢彌先生と平安文学輪読会の人々。

この本は、それまでに私が見た古写本の中で最も素晴らしいものだと思ったんですが、またこの複製本も、独特の製本の仕方など全部復元している素晴らしい物です。複製本も何種類か出ていますけれども、田中親美さんの女婿の倉田実という人が出した、非常に芸術的な複製本を使いました。

いわゆる伝西行筆には、曾丹集切とか『後撰集』の白川切とかいろいろありますけれども、その中でも一番読みにくいというか、一番崩れているというか、逆に言えば一番名筆とも言えるんですけれども、そういう字なので、読み方によって非常に解釈が変わってくる。まして、どこで切るかによって、内容が変わってくるのでずいぶん激論した記憶があります。

――先生は『一条摂政御集注釈』の全体の解題や補注を書いておられますが、『一条摂政御集』についてのお考えなどお聞かせください。

片桐　一条摂政関白太政大臣藤原伊尹という人は『大鏡』伊尹伝などを見てもわかるように、非常に派手好みな人なのです。しかし、『一条摂政御集』は、この人物が大蔵史生、今で言うと大蔵省の下級官僚ですね、その倉橋豊蔭という人物に仮託して作ったものです。当時最高の権力者をそんな身分の低い人に仮託することは他人にできるはずがない。だから本当に伊尹が書いたとしか考えられない。『一条摂政御集』の成立は伊尹自身が若い時に作った物語的歌集を中心に、それ以外の歌も集めて、大体三段階くらいの増補を経て成立したと考えられます。当時の私家集の成立過程は、『伊勢集』なんかも同じですが、物語的なものを前においてそれ以外のものを追加していくんです。恐らく物語的な部分こそ、自分の立場を隠し、他人に仮託して作っているのであって、逆に本人が作ったものと考えていいと思うのです。文学史上、この九百年代中頃の文学を考える場合、和歌とか物語とかいう次元で研究していてはダメなんで、これらが総合された「歌語り」の世界、「歌物語」の世界、こういうものを基盤にしないといけないということを、いつも実感しながらやっていたのです。

――なるほど、そうですか。

片桐　ついでに言うと、その時のことで、今、失敗だったなと思っているのは解題です。『一条摂政御集注釈』の注釈と補注はそれぞれ分担して書いているんですが、私は全体の解題も書きました。『国語国文』に先ず書きまして、その後、本になった時にも書いたんですけれども、まずかったと思うのは『一条摂政御集』は伝西行筆のすごい名筆なんですが、その中に定家が非常に汚くというか、えげつなくというか、集付を書くだけでなしに、本文も上から塗りつぶして消したり書き直したりしているんです。こんなことは普通できるはずがないんですが、定家が『源氏物語』を家中の子女に命じて写させ、それで校訂したものが、定家本の『源氏物語』です。その他にも冷泉家にたくさんあります写本は、定家が人に写させて自分が校訂の筆を加えていく、あるいは集付を加えていくという形のものがあります。今のように冷泉家の本をたくさん見てはいなかったんですけれども、流出しているいくつかの本の複製によって、それが分かっていたので、『一条摂政御集』も定家監督書写本であると書いたのです。つまり、定家が監督して、周辺の人に書写させたから、強引に、汚く見えるほど強く、本文を訂正したんだろうと書いたのです。従来『一条摂政御集』の書写は平安後期といわれていますが、実は定家時代、鎌倉時代初期なんじゃないかということを、書いたのです。これを読んで、小松茂美さんは、どうも納得できないと言われたんですけれども、自分では合理的に説明し得たと思っていました。

ところが、最近、冷泉家の本をいろいろ見るようになると、どんなにきれいな料紙に書いた本でも、色紙・唐紙を使って書いているような平安時代の名筆の上からでも、強引に筆を加えて書くという定家の校訂の方法がはっきりしてきました。我々が美術品だという形で尊重するのとは全然違う姿勢、すばらしい美術品も文学資料として校訂の筆を加えていく定家のやり方が、冷泉家時雨亭文庫の本をたくさん見るなかでわかって来ましたので、今は平安後期、おそらくは田中登さんのご指摘の、俊成監督書写本の一つであったものに、後に定家が加筆したと考えるべきだと思っています。

こんな失敗も含めて『一条摂政御集』は非常に思い出がありますね。補注でも、私は書いたまま放ったらかしですが、一つずつ書き直すと論文になっていると思います。現に論文に書いている人もいるんですが。『一条摂政御集』の中に『本院侍従集』の本文と思われるものが混ざり込んでいることを初めて指摘したのも私で、この補注に書きました。しかし、気が付いてない人が多いんじゃないかと思います。

〈平安文学輪読会のその後〉

——平安文学輪読会のその後の活動はどのようなものがありますか。

片桐　『一条摂政御集注釈』を作って、すぐ後、全員一致して、『斎宮女御集』を次にやろうということになりました。『一条摂政御集注釈』はすぐに再版が出たくらい好評だったので出版社もそれを期待していました。先程も言いましたように、まだちゃんとしたコピーがなかった時代ですので、西本願寺本を同じように写真にとり、また他の系統も含めて本文資料を集めました。

しかし、私はちょうどその頃に学生部長になったり、学長代理になったりして非常に忙しかったんで、最低の義務はきちんと果たしましたが、欠席がちで、『一条摂政御集』の時のように全体の解題を書いたり補注をたくさん書いたりということはできませんでした。増田繁夫さんが中心になってそういうことをしていたのです。ところが、私の出ていない時に、清水好子さんが玉上先生と意見が合わず、二人は顔を見ても一切物を言わないという状態になってしまったようです。

その次は『長能集』の注釈になりました。しかし、今度は私は始めから一切出ていません。清水さんも抜けました。この『長能集』を加えて平安文学輪読会の成果として塙書房から三冊出しました。しかし、『一条摂政御集注釈』が一番良かった、厳しく論争しながらも一生懸命やっただけあると思います。

11 『伊勢物語の研究〔研究篇〕〔資料篇〕』を出版

——先生は京都大学の博士課程に進まれてから、本格的に『伊勢物語』の研究を始められたそうですけれども、その後研究されたものも含めて昭和四十三年に『伊勢物語の研究』という本を明治書院から出されました。その出版の思い出、あるいは反響といったものについてお話しください。

片桐　昭和四十三年に『伊勢物語の研究　研究篇』、翌年に『同　資料篇』を出しているんですが、両方合わせると大変な分量になります。それ以前は池田亀鑑先生の説が通説で、家集の詞書が発展して物語ができたのだと何となく思い込んでいたのです。『伊勢物語』についても、「原撰本『業平集』」とか「自筆本『業平集』」という言葉を使う人もいますが、そんなものはないのに勝手に想像して、そういう『業平集』が存在し、これが次第に発達して『伊勢物語』になったという図式で説明されていたのです。

しかし、私はどうもそうではないんじゃないかと学生時代から思っていました。文字化されるものよりも口承的なものの方が当然先行するはずで、和歌について物語るという方が先行していたのじゃないかと思っていたのです。実際に文章を調べて見ると、現在残っている『業平集』は『古今集』

『後撰集』『伊勢物語』から歌を集めて成立したものであって、これらに先行するものでは決してない。『伊勢物語』よりも、『古今集』『後撰集』よりも後、という生成段階を経て出来ていると考えました。

――歌について語られるものと詞書との違いについて、どのように具体的に考えられたのですか。

片桐　やはり物語は「昔、おじいさんとおばあさんがありました」と人物の紹介から始まって、「おじいさんは山へ柴刈りに行きました。おばあさんは川へ洗濯に行きました」とその人物の行動を物語るのが基本形です。「今は昔、竹取の翁といふものありけり」と紹介し、「野山にまじりて竹をとりつつ、よろづのことにつかひけり」と行動を述べるのがその典型です。だから、『伊勢物語』でも「むかし、男ありけり」と人物を紹介して、「その男……」と続けて人物の事跡を語ってゆくのがもとの形なんです。この形で始まるのは、現在普通に使われている百二十五段本の『伊勢物語』の中で二箇所しかありません。一つは九段の東下りの段、「むかし、男ありけり。その男、身をえうなきものに思ひなして、京にはあらじ、東の方に……」と、先ず「むかし、男ありけり」と紹介してから男の行動に展開していく。もう一つは「むかし、男ありけり。その男、伊勢の国に狩の使に行きけるに……」と始まる、伊勢斎宮の六十九段です。この二つが最も古い段と考えるべきだと今では思っています。それ以外の段は例えば一段では「むかし、男、初冠して、奈良の京春日の里に、しるよしして、狩にいにけり」となっていて、「男」の後に「ありけり。その男」が省略されているわけです。

――なるほどね。

片桐　こうして見ていくと、人物を提示してからその人物の行動について語る、その人物が、どこで、誰に対して、どんな和歌を読んだかというふうに語るのが歌物語なんです。これに対して詞書は、あくまで「〜とよみける（歌）」という形でまとめられており、歌を伝えるのが目的です。だから、両者は本質的に違うんだと考えるに至ったわけです。

そうすると、『古今集』の一部、例えば先の『伊勢物語』九段東下りの歌は非常に詞書が長い。しかも、詞書の中に会話文まで出てくる。『古今集』の詞書の中に会話文が出てくるのは他には全くありません。会話文は詞書に全く必要ないし、人々の感情も、これをこそ歌で表現する訳で、詞書に書く必要はないのです。それなのに、そういうものが業平関係の段だけにある。これは『古今集』が『伊勢物語』を、業平の物語として採ったからじゃないか、すると、『伊勢物語』の一部は『古今集』よりも古いんじゃないかと考えたわけです。一方、今の『伊勢物語』で一番新しいのは十一段ですが、これは十世紀中頃の橘忠基の歌を使っているので明らかに『後撰集』より後です。古い部分は『古今集』以前の成立、新しい部分は『後撰集』以降の成立とすると、その間はどうなっていたのかと考えました。

ところで、今の『業平集』は、どれも『伊勢物語』の歌を半分足らずしか採っていないのです。良い歌だけ選んで採ったからだとか、業平の歌とするのにふさわしいものだけを採ったからだと考えることもできないわけではないのですが、『伊勢物語』は、『源氏物語』にも「在五中将の日記」と書かれているように、できた時から主人公は業平だと思われていたわけです。すると、『業平集』を編纂した人は『古今集』からも『後撰集』からも『伊勢物語』からも、業平の歌を全部採った、こういうふうに見る時、今の『伊勢物語』の歌を全部採っていないのはなぜかと考えたら、その時代にはそれだけしかなかったのではないかと考えざるをえないのです。つまり、ある段階の『伊勢物語』の姿を現在の『業平集』が反映していると考えるわけです。昔は、今残っている『業平集』は後から編纂したものだからダメだと言って、それで終わっていたのですが、それを逆に利用して見ると、後から作られた『業平集』が当時の『伊勢物語』をどのように反映しているかということが問題になるのです。『在中将集』は定家が写した現物は残っていませんが、定家自筆本を室町時代に写したものが尊経閣文庫にありまして、博士課程に入った年にそれを見に行って、今言ったような論文を書きました。また、宮内庁書陵部蔵御所本三十六人集の『業平集』の中核を為す部分がこれに非常に近いものだと考えて、これも『伊勢物語』の生成とのかかわりのなかでとらえなおしました。

――『業平集』が『伊勢物語』の享受過程を反映しているというわけですか。

片桐　このように考えれば、『伊勢物語』成立研究の資料になるし、また『伊勢物語』の享受史の資料になります。だから、私の『伊勢物語の研究』の半分は成立論、半分は享受史になっています。これはそれまでになかった特徴です。大津有一さんの『伊勢物語古注釈の研究』は私が一番高く評価している注釈史研究の最高峰ですが、これは本当に玄人向きの本で、素人が読んでもおもしろくないでしょう。だから、せっかくの名著も一般にはあまり読まれなかったんです。それに対して、私の注釈史研究は、人々がどのように伊勢物語を読んでいたか、どのように伊勢物語の世界を復元していたかという点を明らかにすべく論述していますので、それまでの「注釈研究はおもしろくない」というのとは違うものになったのではないかと思っています。『伊勢物語』については、その後も『伊勢物語の新研究』という本を出し、最近出した『源氏物語以前』という本でもくわしく述べました。

12　神戸平安文学会の発足から関西平安文学会へ

〈神戸平安文学会の頃〉

――現在、平安文学を専攻している人は中古文学会に所属しているわけですけれども、関西の人にとっては中古文学会とは別に関西平安文学会というのがあって年に三回例会を開いています。この関西平安文学会の設立は比較的最近のことなんですが、その前身の形で神戸平安文学会というのがかつてありました。なぜ神戸という所で平安文学会ができたのか、その設立の経緯と、それから、その運営に携わっておられた方々の思い出などについてお話しいただきたいと思います。

片桐　昭和四十六年（一九七一）十一月六日に神戸大学で中古文学会を開いたんです。その時には、三谷邦明さん、深沢三千男さん、故淵江文也さん、工藤重矩さん、高橋和夫さん、野村精一さんらが発表され、大変な盛会だったのですが、その一年前に、神戸大学での中古文学会の準備のために力を貸してほしいと言われました。神戸大学の文学部教授の藤岡忠美さんは北海道から神戸大学に来任されたばかりでしたので、いろいろ力を貸してほしいと言われるのです。学会を開こうというのは、神戸大学のその頃の教養部におられた野中春水先生が定年でやめられるというのと関係がありました。それで、野中先生を囲んで藤岡忠美さん、亡くなられましたが神戸大学教育学部教授だった根来司さん、それと私と四人で先ず集まって、準備計画を立てようということになったんです。野中先生は、人柄が非常にすばらしく、人は皆黙って付いて行くという、そんな人物だったので、みな野中先生を慕って一緒に酒を飲んでいました。神戸大学を定年になって武庫川女子大学へ行かれたんですが、ここでも中古文学会や和歌文学会をしました。とにかく、野中先生の人柄のせいもあって、神戸大学で開かれた中古文学会は大変な盛会でした。

野中春水氏、右端は榎本正純氏。

――それが神戸平安文学会のきっかけになったのですか。

片桐　その時に、せっかく集まったので、このまま別れてしまうのは惜しい、これを出発点にして研究会をしようということになって出来たのが神戸平安文学会でした。昭和四十六年（一九七一）十二月に忘年会をして、そこで話が決まったんです。神戸平安文学会は年四回、神戸大学の演習室で行われましたが、集まる人は二十名くらいでした。その頃は修士課程しかなかったんですが、神戸大学の大学院生、そして大阪女子大学の大学院生やその他近辺の大学院生が中心となって発表しました。いい加減な社交の場になってしまっては意味がないので厳しくやろうということになりまして、中心人物である藤岡さんは、まとめ役にまわって、厳しい批判は私が嫌われることをいとわず全部言いました。嫌われながらやっていましたが、率直に言われるのが良かった、ためになったと最近になっても思い出して感謝されることがあります。本番は厳しかったが、懇親会は楽しかったともよく言われます。「よく学びよく遊び」ということでした。その噂を聞いて、地方の方も特別に参加されました。田中登さんもいつだったか、発表されたという記憶があります。

――確かにそういうこともありましたね。

〈関西平安文学会の出発〉

片桐　しかし、野中先生がだんだん体調が悪くなってきて、無理して出席されることがありましたが、それでも欠席されることも多くなりました。また藤岡さんが神戸大学を定年で去られて、東京の昭和

関西平安文学会に集った発起人たち。左から清水彰・片桐・竹下豊・増田繁夫・片山享・伊井春樹・辻田昌三・池上洵一・徳原茂実の諸氏。（1991年6月武庫川女子大学）

女子大学へ行かれたというので、自然流会のような形でしばらく途絶えていました。阪急の岡本の辺りで藤岡さんの送別会をかねて、最後の晩餐をしたのが思い出されます。ところが、野中先生が御自分は弱っておられるんですけれども、「あのまま途絶えてしまうのは惜しい、もう一度なんとかやれ」と発言されたんです。武庫川女子大学の清水彰さんと島津忠夫さんがお宅に呼び出されて、「遺言だからやれ」と言われたそうです。そういわれては仕方がないのでやろうということになりましたが、藤岡さんがいなくなって、神戸に中心人物がいないので、もっと広い範囲でやろうということになり、「関西平安文学会」と名前を変え、神戸平安文学会に一度でも出席した人を中心に先ず案内を出しました。神戸平安文学会は、藤岡さんが神戸大学の大学院生を育てることを一つの目的として出発した会です。大阪女子大学の大学院生もよく発表させてもいましたが、中心になっているのは神戸大学の人だったんです。だから、会場も神戸大学文学部の演習室に決まっていました。

しかし、今度はそのように中心になる所がないので、各大学を順番に回していく形でやろうと私が清水さんに申しましたが、事務局は野中先生の特命を受けて出発しているので武庫川女子大学で先ず二年間やって欲しいと併せてお願いしました。だから、最初の頃は神戸平安文学会の延長という感じが強かったのですが、その後、竹下豊君に頼んで大阪女子大学に事務局をやってもらった頃から、学会らしくなっていったんです。しかし、そのために人が増えてしまい、またたく間に百名を越えてしまったのが現在の実状です。会をオープンにしたのはよいんですが、率直な批判、厳しい批判が言えなくなり、あたりさわりのない学会になってしまった感じで、片桐の厳しい特訓に堪えるという決意で出席していた、かつての神戸平安文学会の特徴はなくなりました。神戸平安文学会時代が懐かしいと言っている人もいます。しかし、今さら閉鎖的にして小さくしたり、特訓に堪えられない人はやめてほしいとも言えませんので。

――その関西平安文学会も中古文学会の部会になるという動きがありますが。

片桐　現在の学界の業績主義、点数主義に私は批判的なのですが、理科系を中心に、他の分野では学術会議に登録された全国的な学会で発表されたものしか研究業績と認められない傾向が強く出て来ております。神戸平安文学会・関西平安文学会は、もともと若い研究者のために作られた会ですから、そこで発表されたものが研究業績として認知されなければ困ります。そこで中古文学会の部会に発展的に解消しようと考えてお願いしました。東京の常任委員会でもそれが認められ、この本が出る頃には中古文学会関西部会になっていると思われます。しかし、その一面、神戸平安文学会以来の厳しいあたたかさが失われてゆくのではないか、ただでさえレベルの低い中古文学会の中に呑み込まれるだけではないのかという疑問が私の心の中にあることも確かです。要するに大切なのは「人」です。参加する人、特に中心になる人々にがんばってもらうほかないと思います。

13 『中世古今集注釈書解題』の刊行

――先生は昭和四十六年（一九七一）から六十二年（一九八七）にかけて、『中世古今集注釈書解題』という本を出されています。古今集は戦後に限ってもたくさん研究書が出ていて、伝本研究、構造に関する研究、あるいは歌壇史研究、様々な古今集に関する本が出ているのですが、あえてそれまでの方々があまり取り上げなかった中世の注釈書を取り上げられたことについて、何かお考えがあればお聞かせください。

片桐 中世の古今集注釈を見なければいけないと思ったのは、『伊勢物語』の注釈書をやった時でした。『伊勢物語』と『古今集』は独自の注釈世界があり、またその注釈の歴史が特に長く、また、独特のものがあります。『伊勢物語』も古注釈書が多いけれど、『古今集』の古注釈はそれ以上に多くあって、しかも『伊勢物語』の注釈と互いに絡みあっているので、両方からやらないと駄目だと思っていました。だから、はやくから関心は持っていて、密かに調べていました。

――「解題」という形で出されたのはどうしてですか。

片桐　ほんとうは研究書の形で出したかったんですが、範囲が広いので「中世古今集注釈書の研究」というようにまとめるには時間がかかり過ぎると思いました。また、新資料が次々に出てくるので、全体の構想は暫くおいて、自分のやったところから、一つずつ検討していきたいと思ったので、「解題」という形で、最初は四～五冊くらい出せたらと思いました。「解題」と名のったのは、市古貞次さんの『未刊中世小説解題』が頭に浮かんだせいです。しかし、解題と研究の違いはたいへん微妙なもので、人によっては全く別のものとして捉えているけれども、私には共通する面、重なる面があることを否定できません。事実、『冷泉家時雨亭叢書』の解題で、編集担当の朝日新聞社の上野さんから「先生のは解題じゃない、研究だ。もっと簡単に事実だけを述べてください」といつも叱られているのです。けれども、事実というのはどこまでが事実なのか、表面的な事実だけではなくて、もう少し突っ込んで考えると、少なくとも、自分が事実と考える理由を述べなければいけないし、隠された事実を明らかにするくらいのことはやらないといけないのではないかというのが私のかねがねの考え方なんです。だから、『中世古今集注釈書研究　一・二・三……』としても良かったんですけれども、読む人は中世の古今集の注釈書は初めてお目にかかるわけですから、あまり総合的にあれこれと言ってもほとんどの人は分からないので、あえて一つずつを具体的に説明してゆこうと思ったのです。

――「具体的に」ですか。

片桐　室町時代以前の注釈書で、江戸時代に版本として出ているものは、『古今栄雅抄』『両度聞書』『顕注密勘』の三種類くらいです。それ以降は、賀茂真淵の『続万葉論』とか、宣長の『遠鏡』、契沖の『古今余材抄』など国学者の注釈に限られて、それ以前のものはほとんど出版されていなかった。『伊勢物語』も同じで、現在の自分達が『伊勢物語』や『古今集』を読む時に役に立つかどうかという観点だけで選ばれていたのが実状でした。ですから、現在の注釈に利用できるかどうかは別にして、当時の人々がどう読んでいたのかを考える必要があると思っていたのです。「現代の注釈に役に立たない」と言ってしまうと少し語弊があるんですが、例えば『毘沙門堂本古今集注』、その時はまさか後に自分が所蔵することになるとは思っていませんでしたが、これとか、変な形の『古今秘注抄』というのが入った『未刊国文古註釈大系』など、古今集の本質とはかけ離れた荒唐無稽なものと思われていたのですが、学生時代に古本屋で買って読んで、中世の学芸の実体を知るためにはこういう独特の世界を明らかにしなければいけないと思ったのです。

これらは、読んでいると、よみ人しらずの人に全部作者の名前を当てているし、これはどんな時に誰に対して詠んだ歌だと、説話的に説明していて、歌もこじつけによって解釈していて、ほとんどがでたらめなのです。しかし、活字になっているので、『毘沙門堂本古今集注』は割合使われていましたて、例えば、山岸徳平さんの『岩波講座　日本文学』の「歌合」から、萩谷朴さんの『平安朝歌合大成』に至るまで、そこに挙げられているでたらめな歌合をほんとうにあった歌合だと思い込まれて、ちゃんと年表に入れておられるのです。国文学者にはまじめな人が多いので、注釈書に書かれていることがすべて事実だと思ってしまうんです。その注釈書の性格をまず明らかにするのではなく、記述があればすべて正しいと考える気楽な人が多いのです。こんな形で文学史、和歌史の材料にされたら困るんじゃないかと思いまして、それぞれの注釈書の性格を明らかにしようと思ったんです。

——『中世古今集注釈書解題』の第一冊目は、為家作と伝えられる注釈書に焦点を当てておられますが、どのようなお考えでこれを第一冊目にされたのですか。

片桐　『古今集』の注釈書は、そんなふうにでたらめの説を載せるものが多いんですが、一冊目からあまり変なものをやってはいけないので、為家の注釈書から始めたんです。しかし、為家と言われているものも、ほとんどは為家ではなくて、為家に仮託するものなのです。為家が書いたと断言できるのは、京都大学にある三条西実隆が写した『古今序抄』だけで、あとの『三秘抄古今聞書』や宮内庁書陵部本『古今為家抄』等は皆仮託書です。本当に為家のものもあるけれど、むしろ仮託書が多いんだということを第一巻で紹介しました。未公開の物ばかりですから、どんなものか中身が分かるように、前半は解題、後半は翻刻にして第一冊目を出したんです。

——第二冊目はいかがですか。

片桐　第二冊目は、かねがね関心をもっていた、とんでもない注釈書を扱いました。『毘沙門堂本古今集注』、その他に、頓阿に仮託した『頓阿序注』。それから、「古今に三流あり」というので始まる注釈書があります。古今の注釈には三つの流があって、一つは定家、一つは家隆、一つは行家の三つの流に分かれているという書き出しではじまるのがこの注釈書の特徴で、『三流抄』と勝手に名前をつけました。古い写本はないんですけれども写本は多くて影響が大きい。例えば、謡曲も、『曽我物語』も、皆この系統の古今集注釈書の影響が甚大です。『太平記』は『毘沙門堂本古今集注』の影響の方が顕著ですが、謡曲は『三流抄』の影響をまともに受けている。『三流抄』や『頓阿序注』をこの巻で初めて紹介し、活字にしました。

こういうものに対して、本来の和歌文学、特に平安和歌や古今集時代を研究している人は、でたらめな内容だと思って無視する状況だったんです。しかし、中世をやっている人、特に謡曲や軍記物をやっている人には非常に喜ばれました。だから、こういう仕事は中世の人の方が歓迎してくれるんだなと思ったんです。それは、どちらも『古今集』仮名序の影響が実に大きいからなんです。謡曲の『をみなべし』は『古今集』仮名序に書かれている語句の注釈から来ているんです。他に、『高砂』や『松虫』への影響も大きいものがあります。このように今思い付くだけでも幾つも挙げられるほどです。しかも、これらの謡曲はいずれも名曲で、観阿弥とか世阿弥が関係しているものですから、その典拠になった「古今集注」が重宝されていたことは明らかです。特に『三流抄』が中世文学に与えた影響はまことに甚大でした。この種の注釈は仮名序だけのものが多く、『古今集』の和歌の注釈で、この種のものはないのかと探していたのですが、その時既に亡くなっておられた西下経一さんの奥様のもとにあることがわかりました。『弘安十年本古今集注』がそれです。この閲覧と撮影については西下夫人とお弟子さんの滝沢貞夫さんの御尽力を得ました。

〈西下経一博士の初雁文庫〉

――西下さんと言えば、三省堂から出た『日本文学史』が有名ですね。

片桐　はい、これは非常に優れているので有名です。私の『後撰集』の研究もこの人の影響を強く受けたというのは前にもお話しましたね。後の西下さんの研究は主に『古今集』の伝本で、『古今集の伝本の研究』は少々まじめ過ぎる本ですが、非常にすばらしい本で、西下さんの博士論文です。注釈にも関心をもっておられました。国文学研究資料館には初雁文庫本として『古今集』の注釈書がたくさん入っていますが、『初雁文庫本目録』の作成には私も協力しました。ここに入っている古今集注釈書を国文学研究資料館が購入する時、公の機関ですから評価委員が値段を決めて購入するんですが、私がその委員の一人に選ばれました。しかし、ずいぶん安い値段がついてお気の毒に思いました。安過ぎてお気の毒ということもあったので、国文学研究資料館へ入るという手続きが終わらない間に、北村季吟の『教端抄』を新典社から影印で出しました。解題は私が全部書いたのですが、原稿料は全部辞退し印税はすべて西下夫人の所へ行くようにしましたので、西下先生の学恩に対して少しはお礼ができたかなと思っています。

このように、学問をしてゆくためには人との付き合いを大切にしていくというのも大事だと思います。でも、西下さん御自身に私はお会いしたことがないんです。西下経一さんと大津有一さんを、私は非常に尊敬しているんですが、どちらもお会いしたことがありません。大津さんは当時健在だったのですが、出不精の方で学会にはまったく出られないし、とうとうお会いしないうちに亡くなってしまわれました。しかし、『伊勢物語古註釈の研究』の増訂版を出版するお世話ができて、こちらも恩返しが出来たかなと思っています。話は少々それましたが、そういう点で、『中世古今集注釈書解題』の第二冊目を出す時には西下夫人の恩恵を受けました。

〈竹岡『全評釈』の古注引用は疑問〉

――第三冊目はどのようにまとめられたのですか。

片桐　三冊目では、そろそろメインの所へ行かなければと思っていたので、二条家の『六巻抄』、これは、二条家の注釈で当時は一番尊重されたのに、翻刻もなかったのでこれを翻刻しました。もう一つは宗祇の『両度聞書』。これも中世文化、中世歌学にものすごい影響を与えているのに、江戸時代の版本はあるけれども、やはり翻刻はない。だから、どちらも一番良いと思われる本を翻刻しました。『六巻抄』は学習院大学の三条西家本です。一般には竹岡正夫さんの『古今和歌集全評釈』がよく使われていますが、これは群書類従などをそのまま貼り付けたものを印刷していますし、『両度聞書』でも版本を、脱落した部分を含めてそのまま翻刻していて、とにかく間違いが多い。それを使って学会で発表している人を見ると思わず叱ってしまいます。やはり、良い本文を使わないといけません。

第三冊目には、他に浄弁の『古今集注』、兼好の『古今集注』、兼好の注は東大の研究室の写しを使わせていただいたのですが、後にその原本が出て大阪青山短大に購入されたのを見ましたが、東大本と全く同じでした。そして、北畠親房の『古今集注』、それから、一条兼良が作ったと言われているけれどもそうではないことも分かった内閣文庫の『古今集注』、耕雲の『古今集聞書』、『河海抄』で有名な四辻善成の宮内庁書陵部本『破窓不出書』。それから、一条兼良の『古今童蒙抄』、これは実は「童蒙抄」となっている写本はほとんどなくて、多くは『古今秘抄』『古今愚見抄』と書名はあるんですが、兼良自身や周辺の人が何度も手を加えて少しずつ変えてゆく過程を跡づけました。それから、宗祇に対抗する立場の尭孝の弟子である尭恵の『古今集延五記』、猪苗代兼与の『古今集私秘聞』等も、翻刻はしていませんが、解題して位置づけました。また、翻刻もしました宗祇の『両度聞書』もくわしく述べました。宗祇は東常縁から二度講義を聞いたので『両度聞書』というのですが、宗祇自身の考えとしか思えない部分があって、どこまでが常縁の聞書なのか、疑いを持っていたんです。一緒に講義を聞いた大坪基清の注釈が出てきたので、それと比べてみるとずいぶん違うので、『両度聞書』は宗祇が常縁の説だと言っていても、みずからの説を述べていたことがある程度わかりました。

その他に、大阪府立図書館の『宗祇略抄』という宗祇の晩年に出した注釈書を始め、宗祇がかかわった注釈書を幾つか解題しました。さらに、『延五記』と『両度聞書』を一つに合わせた『古今集血脈』という注釈書にも触れました。連歌師中心の注釈史の世界は聞書から出発し、加筆・改変されながら出来上がっているので、これを整理して位置づけていくのは非常に難しいのです。

〈『栄雅抄』は栄雅の著に非ず『為相注』は為相の注にあらず〉

――第四冊目はいかがですか。

片桐　こうして、室町期の注釈を三冊目でやったつもりだったんですが、やっているとまだまだ出てきて、第四冊目に続きました。例えば、飛鳥井家の注釈は栄雅の『古今栄雅抄』だと言われていたんですが、実際はそうじゃない。これは飛鳥井家に出入していた玉信という坊さんがまとめたもので、本当の飛鳥井家の注釈は、『蓮心院殿古今集注』というものだと分かりました。「蓮心院」というのは栄雅の院号です。

冷泉家の注釈とされているものに、臨川書店から出ている『京都大学国語国文資料叢書』の中に、『為相注』という名で翻刻されたのがあります。翻刻されたのは非常によいことだったけれど、これは本当は為相のものじゃないんです。これも、いろいろとこじつけた説話的な注釈書でおもしろいものですが、為相に仮託しているのです。大江広貞が書いたと奥書にあるけれど、これも有名な大江広元をもじっているらしくて、果たして、大江広貞なんていう人が実在していたのかどうかもおぼつかない。こういうものは権威付けのために仮託して書くケースが多いので、それを真に受けてそのまま扱っていると、とんでもないことになるのです。その裏に隠されたものを一つずつ見ていくことが必要です。

それから、佐賀大学の『古今集注釈』、これは島津忠夫さんが佐賀大学に勤めておられた時に調べられて、冷泉家の注釈だとおっしゃっていたのですが、冷泉家のものではありません。それから、冷泉持為の注釈という宮内庁書陵部の『古今持為注』も実際は持為のものではない。また、『未刊国文古註釈大系』の京大本『古今秘注抄』の異本が宮内庁書陵部に『古今秘註』という名であり、二条義徳の伝書となっているのですが、この人物も実在していたかどうか。また、京大の図書館に『二条為明抄』というものがあるのですが、これも「為明《ためあきら》抄」というのは間違いで、「明らかにする為に書いた抄」だと考えるべきかと思います。これは中周子さんが調べて『和歌文学研究』に発表しています。青木賜鶴子さんが論文を書いた『古今涇渭抄』もかなりでたらめなものです。

室町時代に中心となっていた宗祇説は、間もなく三条西家に入りました。三条西家が連歌師の説をもとにしているのは納得し難いことなのですが、とにかく宗祇がいかに影響力を持っていたか。このように三条西実隆に伝えられた宗祇説は、実隆の息子公条を経て、近世初期の三条西実枝に伝わり、これがさらに細川幽斎、陽成天皇、桂宮智仁親王と伝わって御所伝授と呼ばれるように権威あるものになっていくわけなんです。こういう注釈史の流れのなかで、伝えられ、書き記されているものをそのまま見ても意味がない。一口に言えば古今伝授は現実を超えて宗教的になってしまっているので、そのまま受け取るのではなく、背景に隠されたものを明らかにすることが大切なんです。最近、関心を持たれている『伝心抄』は、実枝の説を幽斎がまとめたものですが、笠間書院などからも翻刻が出ています。こんなふうに、私が解題はしても、翻刻はする余裕がなかったものが、やっと最近翻刻が出てきているのは喜ばしいことです。

――では、第五冊目以降はどのようなお考えでまとめられたのですか。

片桐　その後、また調べているうちに、『毘沙門堂本古今集注』に類するような注釈書がずいぶん出てきましたので、第五冊目に追加して、そのうちの何種類かを解題しました。その中の『古今和歌集三条抄』というのは宮内庁書陵部にあるのですが、最近、徳江元正さんが翻刻しておられます。それから、京都大学文学部の国史研究室に『勧修寺本古今集注』があって、これは真観の注釈書であることが分かりました。また、それらとは性格が違ってエッセンスを秘伝として伝える秘伝書というのがこの時代には多いのですが、『古今和歌集灌頂口伝』とか、『玉伝深秘巻』などをそのなかから翻刻、紹介しました。

最後の第六冊目になって、やっと全体の注釈史をまとめて述べるとともに、大阪女子大学の大学院生の協力を得て索引を加えました。

古今集の注釈は書名がまちまちで、調べていくとこれが頓阿の『永正記』だとわかったり、京都府総合資料館にある『古今伝授抄』が一華堂乗阿の弟子の切臨のものだということもありました。とにかく、こういうものは調べていかないと分からないんです。

古今集注釈史の研究はここ二十年くらいの間に大きく発展しつつありますが、ほとんどが『中世古今集注釈書解題』を出発点にやっていると思います。中には、新しい資料を見つけ出して、『中世古今集注釈書解題』にも触れていないと言って翻刻したりしている人もいますが、実はそういう種類のものはいくらでもあり、まだまだ他にもあることがわかり切っているから私は書いていないだけなんです。私個人で持っている本でもまだたくさんあります。機会があれば改めて紹介したいと思っています。また昨年大学院の講義でとりあげた私が持っている古今伝授書も関西大学国文学会の雑誌『国文学』の第八三・八四合併号に紹介しようと思い、院生諸君に原稿を書いてもらいましたが、この前、拙宅の蔵書を整理していると、まだ残りがありましたので、どうすべきか迷っています。

話をもとに戻しますと、昭和四十六年（一九七一）から六十二年（一九八七）まで、私自身は、その間、学長代理とかいろいろ忙しかったせいもあるし、ほかの研究や著述も同時にやっていたので、『中世古今集注釈書解題』の全巻完結までずいぶん時間がかかりました。時間がかかり過ぎましたけれども、赤尾照文堂の赤尾清昭社長は非常に熱心で装丁なども凝って、一生懸命やってくれました。おかげで、箱が全部色ちがいなんですが、箱が良かったとほめられると、中身はどうだと聞きたくなって、やや複雑な気持ちもします。

――赤尾照文堂は古本屋としては大変有名ですが、そこから出されたことについては何かお考えがあったのですか。当時、東京にも国文専門の出版社がたくさんあったと思うんですが。

片桐　『中世古今集注釈書解題』の前に大学堂から『拾遺集』や『拾遺抄』、あるいは、ひめまつの会の本も何冊か出していましたので、それに対抗する気持ちもあったのか、熱心に誘われていたんです。東京の本屋も今でこそいろんな本を出していますが、完成してみないと何冊になるのかわからないような未開拓分野の本を出す勇気はなかったと思います。だから、関西の、無条件で出してくれる所から出そうと思っていました。かつて、陽明文庫の主事をしておられた小笹喜三さんの娘婿の中川琢也さん、この人は学者ではなくて京都市の教育畑にいたのですが、たまたま私が学生であった頃に、研修員として京都大学に来ておられたので知っていました。この人は大変顔が広い人で、赤尾照文堂とも仲がよく、この人を通して依頼があったのです。中川さんが赤尾照文堂を代弁して何度も何度も拙宅に来られて熱心におすすめくださいました。日本の本の九割が実は東京で売れているので、地方で出すのは非常に大変なんですが、頑張ってやっている限りはなんとか協力しようと思って、赤尾照文堂から出す決心をしました。なお、後に中川琢也さんのお嬢さんの京子さんを大阪女子大学の大学院でお引き受けし、笠間書院の『名所歌枕　伝能因法師撰の本文の研究』の中に論文を発表してもらいました。

14 『拾遺和歌集の研究』と『拾遺抄―校本と研究―』

――今のお話にもありましたように、先生はやはり京都の大学堂から『拾遺和歌集の研究』『拾遺抄―校本と研究―』を出しておられます。この本を出版された経緯や、出版にあたって何か思い出深いことなどありましたらお聞かせください。

〈『拾遺和歌集』のこと〉

片桐　その前に古典文庫から『拾遺和歌集　校本編』『拾遺和歌集　校異編』を出しているんですが、これをもう少しちゃんとした形にせよといろんな人に言われまして、『拾遺和歌集の研究』の校本編と伝本研究編を一冊にして出しました。内容についての研究として、もう一冊出したいと思っていたのですがいまだに出せないでいます。

私は京都大学大学院の博士課程を終わった翌年から、京都大学へ非常勤講師に数年行っていて、その時、午前中に講義を終わって午後は夜遅くまで学生時代には見ることができなかった貴重書をいろいろ見ました。その中に、中院通茂が定家自筆本を冷泉家から借り出して臨写した本がある。彼は霊元天皇と同じ時代の人で、霊元天皇は冷泉家の私家集を御所へ借り出して片端から写させたのが今も宮内庁書陵部に入っているんですが、それに便乗して当時のお公家さんたちもいろいろ借り出しているのです。通茂の写した本は中院家に伝わっていて、京大図書館に中院文庫として入っているんです。通茂自身の日記も残っていて、大谷俊太君が最近研究しているようですが、これを見たらもっと冷泉家のことも分かるんじゃないかという気もします。とにかく、その通茂が写した『拾遺集』を見ると、もし写真を撮ったなら定家自筆本と区別がつかない程忠実に写しているんです。その奥書に、「鍾愛の孫女に与えるために写した」と一旦書いているんですが、それをいかにも汚い形ですり消して、「為相に与える」と直しているのが見えるのです。これは定家ではなくて為家の筆跡でそう書き直しているんです。これはおそらく、定家自筆の原本でも削り消して為家が書いていたのだと思いました。というわけで、『拾遺集』も『後撰集』も「鍾愛の孫女に……」という奥書を持つ本と、「為相に……」という奥書を持つ本の系統が両方とも伝わっていますから、定家は『拾遺集』は天福元年に、『後撰集』は天福二年にそれぞれ同じものを二度写したんだろうと、それまでは考えられていたのです。しかし、通茂の本を見て、そうじゃないのではないか、定家が同じものを写したのではなく、為家が考えを変えて、奥書を書き直した、その後に写された本とそれ以前に写された本があって、二つの系統になったのだと考えました。その後、岸上慎二先生、この人は『後撰集』定家本研究の権威ですが、京都国立博物館で開かれた「冷泉家展」で『後撰集』が出陳されたのを御覧になって、「まさしくあなたのおっしゃるとおりになっていて非常に感激した」と手紙を戴きました。岩波書店の新大系の『後撰和歌集』の月報にも書いていただきました。忘れ難い思い出です。

——その頃は『拾遺集』も冷泉家にあったんですね。

片桐　第二次大戦前までは『拾遺集』も冷泉家にあったんですけれども、外に出てしまって、久曽神昇さんが汲古書院から複製本を出されました。昭和十六年に藤原定家卿七百年鑽仰会から発行された展覧目録『定家卿真跡集』を見ると、まさしくその時には冷泉家にあったことが確認されます。

というわけで、『後撰集』と『拾遺集』は天福年間に写されたものを為子に譲り、為子の死んだ後、お父さんの為家が取り上げて為相に譲ると奥書を削って書き直したということが明らかになりました。私は文献学や書誌学というものは、見て調べたことを書いたって、それは学問ではなくて報告に過ぎないのであって、見えないものを見えてくるようにするのが学問だという信念を昔から持っていました。だから、そんな見解を示していた後に実物を見て、まさにそうだったと思って非常にうれしかったというのが一つの大きな思い出です。

『古今集』『後撰集』『拾遺集』の三代集と『伊勢物語』は、一番大切なものだと定家が『詠歌大概』で言っていますが、この四つだけはちゃんと研究しようと思いまして、そのすべての歌を、完全にとまではいきませんけれども、何かの契機には思い出す程度には頭に入れています。そういう面で、『後撰集』は『後撰和歌集総索引』を頑張って作ったし、今度は『拾遺集』をやろうと思って密かに準備していたので、ここで出版したわけなんです。この頃は毎年のように大きな本を出していたので、今から考えたら自分でもよくやれたなと思っています。

――『拾遺抄―校本と研究―』に関しては何か思い出深いことがありますか。

〈『拾遺抄』の校本〉

片桐　『拾遺抄』は『拾遺集』に比べて、古筆切は多いのですが、写本は比較にならないほど少ないのです。これは定家が『拾遺抄』よりも『拾遺集』を重んじたからなのですが、平安後期には『金葉集』・『詞花集』という二つの勅撰集も十巻形態を採っているように、十巻形態の『拾遺抄』が『勅撰集』だと当時の人は思っていたのです。だから、『拾遺抄』が尊重されていて、その頃に写された本が古筆切となって多く伝わっているのですが、鎌倉時代になると『拾遺抄』は極端に少なくなって、その頃の書写で残っているものは零本を除いてはなかったんです。ところが、たまたま島根大学に『古今集』の注釈書を見に行きまして、この時、『拾遺抄』の写本があることが分かって、これを見せてもらいました。江戸時代中期の写本だったんですが、本を見て、奥書も何もないのですが、もとは必ず鎌倉時代の本でその忠実な写しだと思いました。その後、その親本が三井文庫にあることが分かって、これを見ると、まさに親本だったんです。これは鎌倉時代の書写本でした。後の写しを見て、もとの本が類推できたというのは、先の『後撰集』の奥書の件と同じように、自分の書誌学的洞察力に非常に満足した記憶があります。

『拾遺抄』は写本が少ないので、その頃一般の人は群書類従本を使っていました。ところが群書類従本は、その親本が巻十の終わりの方を欠いていたのですが、その欠けた部分を勝手に『拾遺集』によって補っていたのです。そのことを皆さんは知らないで、『拾遺抄』の本文だと思って引用していたんです。とんでもないことです。それじゃあいかんと思って、群書類従本に近い島根大学本を翻刻しました。

――この本の本文編はよくある校本の形式ではなくて、どの本も本文が総覧できるようになっていますが、この点については何かお考えがおありですか。

片桐　私は校本形式では本文は復原できないと思っていたので、一番上に流布本系として島根大学本、まん中に宮内庁書陵部本系、一番下に静嘉堂文庫の貞和本というように三段に翻刻し、その後に書陵部にある零本を付け加え、簡単な研究・解説を書いて出版したんです。しかし、これは名前の付け方が悪かった。やはり、そんなマイナーな本屋さんで出していると、こちらが目配りして細かく言っている時はよいのですが、つい忙しくなって任せておくと、いい加減になってしまって困るのです。この本、奥付では『拾遺抄―校本と研究―』となっているんですが、本の背は『拾遺抄』となっているので、その内容が長く人には知られなかったんです。これは失敗でした。始めから『拾遺抄―校本と研究―』という形で出していたら、もう少し売れるのが早かったんではないかと思います。今ではもう絶版になっていますけれど。地方の出版社や古本屋が片手間にやっている出版社は、こちらが熱心にやっている限りは、相手は素人ですから、すべて言うことを聞いてくれるので思い通りの本が出せるのですが、その頃は毎年入学試験の責任者をしていたり大学の仕事が忙しくてちょっと手を抜いて本の背文字やとびらを見なかったので、書名が我が意に反していたという失敗もありました。

15 『小野小町追跡』と『歌枕歌ことば辞典　増訂版』

〈『小野小町追跡』と笠間書院〉

――先生は昭和五十年に『小野小町追跡』を出されていますが、笠間書院から出された経緯や思い出がありましたらお聞かせください。

片桐　何度か話に出てきた橋本不美男さんと親しい人に、笠間書院の池田猛雄社長がいました。池田さんはもともと武蔵野書院の番頭だったんです。武蔵野書院の時代に松尾聡さんと親しくなって、松尾聡さんを一番尊敬し、二番目に橋本不美男さんを尊敬していたんです。松尾聡さんは酒を一滴も飲まないまじめな人で、前にも少しお話しましたが、中古文学会の代表幹事になった時には、雑用のすべてをご自分でなさったような人です。しかし、池田社長は酒が好きで好きでたまらない人なんです。だから、酒を飲まない松尾聡さんを尊敬はしているんですけども物足りなく思っていたのではないかと思います。その点、橋本不美男さんは、酒がお好きなので、二人はいつも一緒に飲んでいました。しかし、二人だけでは出てくる話も決まってしまうので、何やかやと用事を作って私を呼び出して一緒に飲み歩いていたのです。

――一緒に飲んでらしたのがきっかけなんですか。

片桐　それで、笠間書院では、その頃から、『リポート笠間』というPR誌を出していて、橋本不美男さんの本が出た時に「売れなくなる書評」という特集をするから本の悪口をぼろくそに言ってくれと言われまして書評を書いたり座談会をしたりしました。何度かやったうちで一番ひどかったのが吉岡曠さんの『源氏物語論』を石田譲二氏と二人でぼろくそに言った時でした。吉岡さんには悪かったのですが、池田社長は、おかげで、よく売れたと喜んでいました。

また、ある時、『リポート笠間』で百人一首の特集をするというので、『百人一首』の論文を書いたこともあります。私は『百人一首』の論文は他に書いたことがありませんので、これは「幻の論文」と今でも言われています。『百人一首』の成立は樋口芳麻呂さんの名論文があって、学界の通説になっていますが、『百人秀歌』というものが先にあって『百人一首』ができたと言われていました。しかし、逆の立場で考えるとどうなるかと考えてみたところ、けっこう論理が通るので、私は「百人一首雑談」として少々茶化しぎみというか、専門外ということで気楽に書いたんです。これが意外にも引用されたり、同じ意見だと言って論文を書く人がいたりというように反響がありました。『リポート笠間』はPR誌ですからほとんど残っていないので、あちらこちらからコピーを送って欲しいと今でもよく言われます。私の論文の中でも一番需要が多いんじゃないかと思うくらいです。

こんな形で「売れなくなる書評」も「百人一首特集」も大変好評だったので、池田社長が「私の所から片桐先生が本を出してくれたら、うちの本がもっとよく売れるんですが。うちの本はなかなか売れませんので」と顔を合わす度に酒を飲まされていろいろと言われて、その結果書いたものが『小野小町追跡』です。

小野小町は説話化される人物で、今でもなお、研究者の数だけ新しく説話ができるのが実状です。研究者が新しい説話を作ってしまうんです。しかし、これでは困ると思ったので、『小町集』の分析から入り、『小町集』の中で説話化されている過程を明らかにし、それを基本にしてその後の説話と結び付けて説明しました。私家集の生成過程を基本にしていて、非常に実証的なものです。また、この本において、『小町集』の中でも『古今六帖』の中でも小町は既に説話化されている点から、小町の説話の生成が非常に古いことを明らかにし得たと思っています。信じられるのは『古今集』の小町の歌くらいで、『古今集』が出来た頃から既に説話化が始まっているという結論になったわけです。

これは予定通りよく売れて、今は三版か四版かが出ていると思います。さらに、その後、笠間ライブラリーとして大幅改訂して出しました。だから、笠間書院には感謝されています。しかし、橋本不美男さんと池田社長といつも一緒に酒を飲んでいたから引き受けたし、だからこの本も出せたのだと思います。この点からも、やはり、人間関係で仕事をしてきたと思っています。笠間書院は、池田社長が亡くなって奥さんが社長になってやっておられますが、最近またよく本を出しています。

――以前角川書店から出ていた先生の『歌枕歌ことば辞典』も、最近になって笠間書院から増訂版が出ましたね。

片桐　角川書店は社長が春樹氏から弟の歴彦氏に交代して、春樹氏側近の編集者がした仕事はおおむね絶版になってしまったので、私の本も絶版になりました。角川書店が、私がつけた私の本の名前をもじったような名をつけた『歌ことば歌枕大辞典』という本を別の人に書かせて出そうとしていることがわかったので、私はよそから出そうと考えて思い出したのが、亡くなった池田猛雄社長のことでした。後をつがれた令夫人の現社長に頼んでみると二つ返事でやってくれました。この本もよく売れているということです。大学堂書店・赤尾照文堂・和泉書院などの関西の出版社もそうですが、笠間書院とも深い信頼関係で仕事をしてきました。私は気持ちよく仕事ができることを何よりも最優先して考える人間なのです。

16　『私家集大成』の刊行

〈『私家集伝本書目』から『私家集大成』へ〉

――現在の平安和歌の研究では私家集の研究が特に盛んで、続々と注釈書が出ています。現在の注釈研究の盛行は、和歌史研究会の同人の手による『私家集大成』の刊行が、大きなきっかけになっていると思われますが、この大規模な本の刊行にまつわる思い出などをお聞かせください。

片桐　前に一度お話しましたが、『私家集大成』の前に『私家集伝本書目』が、和歌史研究会編で、明治書院から出ていますが、現在ではなかなか手に入らなくなっています。この『私家集伝本書目』は、和歌史研究会のメンバーが全国に散らばってかなり多くなった段階で、会員が分担して、その人の近所や、または母校などの、わりと見やすい所の本を調査をしました。そして、私家集の書誌や内容などのデータを取って、昭和四十年に発行しました。これが、『私家集大成』の原点になったと言えます。

『私家集大成』は、和歌史研究会の仕事として行っていましたので、原則として和歌史研究会の同人でないと参加できなかったのですが、同人になっていても、このような仕事に適さない人もいたのです。集中力もないのか、校正が非常に下手な人もありまして、『貫之集』などは、和歌文学会の大会で、当時大学院生であった田中登さんにかなりきびしく批判されたこともあります。しかしそんなふうに、適材適所という点では必ずしも完全ではないのですけれども、とにかく全体計画を全うできたのですから、これは和歌史研究会にとっても、たいへん意義のある仕事だったと今でも思っています。

――先生はどのように関わられたのですか。

片桐　もちろん、私は、第一冊目、「中古Ⅰ」というところを、主として担当したのですけれど、同人であるので、室町時代の今まで見たこともないような私家集も、いくつか分担して翻刻したりしました。

それで、やはりその推進力になったのは、橋本不美男さん、井上宗雄さん、福田秀一さんの三人で、この三人が中心になって刊行されたわけです。その後、ミスプリントを訂正した第二版が出版され、また最近新たに訂正を加えて出版しようということになっているのですが、まだそこまでいっていないというのが実状です。

――当時、私家集についての研究者の意識はどのようなものでしたか。

片桐　当時は、私家集というものがあまり見向きもされない時代で、和歌文学の研究は勅撰集が中心でした。私家集でも有名歌人である西行や和泉式部といった人については研究されていましたが、それ以外は、一般の人には縁のない歌人や家集がたくさんあって、大変だったのです。また先程言ったような、私家集の調査研究に適している人、適していない人ということに関連しますが、どうしてこういう本を底本に選んだのかと言いたくなるようなものも、今からみればないわけではないのですが、とにかくこれだけの仕事ができたのはたくさんの人々の協力があったからなのです。初版の最後に上がっている名前を見ればわかりますがたいへんな人数です。最初は二十人ほどで出発したものが、五、六十人になっている。それが皆、分担してやったのだから、少しくらいのミスキャストがあっても仕方がないのです。

後から話題に上ると思いますが、その後、『冷泉家時雨亭叢書』の私家集の編集ができたのも『私家集大成』があったからだともいえるのです。『私家集大成』、特に「中古ＩＩＩ」は、書陵部の本をよく使っている、というのは橋本不美男さんの関係で使っているのですが、これも、霊元天皇の時に、冷泉家の本を忠実に写したものが中心になっていましたので、冷泉家の仕事にもそのまま使えました。

〈自分の本を底本にするのは疑問〉

――底本選びも難しいということでしたが。

片桐　時々とんでもない本を底本にしている場合もありました。一番困るのは、自分が持ってる本を使っている人がいることです。自分が持っている本には思い入れがあるから、よい本のように思えるのです。一度中味を紹介して、学界の評価を得てから使うべきだったと思います。また歌仙家集系の本文を使う時に、もっとましな本もあるのに、版本を底本にしてしまっている。それなどは今からみるとまずかったと思います。

しかしこの仕事がなかったら、平安時代のものは出たかもしれないけれど、鎌倉後期から室町時代の私家集は日の目を見なかったんじゃあないかと思います。そういう面で、室町時代の終わりのものまで出版することができたというのは、これは井上さんのお蔭です。井上さんが調べておられたデータを元にして、室町時代の歌集を全部翻刻し得たというのは、幸せだったと思います。

——お蔭で多くの私家集が、たやすく見られるようになりました。

片桐　この『私家集大成』の特色は、一本を翻刻するのではなく、異本があれば何種類も翻刻をするということでした。少なくとも、諸本を系統に分けて、その系統の元になっている本、系統を代表させる本を数種翻刻しました。『小町集』は二系統、『業平集』は四系統、『躬恒集』に至っては五系統も収めていますが、その系統分類の判定基準が、担当者によってややまちまちです。非常に厳密に少し違っていても違う系統にする人もいるし、またみんな同じ系統だと思う人もいます。これも気になっていることのひとつです。

その後、第一巻がある程度できかけた時に、索引を作ろうということになりました。初めは、各句索引を作りたかったのですが、分量的な面で無理だったので、初句索引だけになりました。さて、その索引をどうやって作るかということになった時に、私は、『後撰集総索引』を作った経験がありましたので、和歌の索引作りには熟練していると思われて、わざわざ東京に呼び出されました。本郷あたりの旅館で、これもホテルじゃだめだ、日本旅館でないと広い場所が採れないということで、畳の上にカードを並べる合宿を行ったのです。今から考えると非常に懐かしい思い出です。その時作業しながら、どうせやるなら各句索引をつくりたいというのが、皆の一致した気持ちだったのですが、それは、その後、『新編国歌大観』を作る時に達成できました。

――先程お話しになっていた『冷泉家時雨亭叢書』のことなども考えると、『私家集大成』のお仕事は次々の仕事へと発展し、それぞれが研究に生かされているようですね。

片桐　結局、『私家集大成』は、本文を使うのに便利であり、『新編国歌大観』は、索引を利用するのに便利なので、その特色を活して利用しなければいけません。一般的な論文、たとえば、『源氏物語』の論文を書く時には、『新編国歌大観』の本文を引用してもらって結構ですけれど、私家集そのものの研究や、勅撰集と私家集との関係を論ずるような時は、せめて『私家集大成』を見てほしいと思います。また最近は、『冷泉家時雨亭叢書』を見ないと全然だめだ、ということもあります。そういう面で、『私家集大成』が戦後の私家集研究の出発点となった、出発点となって、ここからスタートしたといってよい。これは皆でやった仕事ですけれど、このことは自信をもって言えると思います。

17 国内研修と『天理図書館善本叢書』のこと

〈天理大学での国内研修〉

――戦後の国文学研究が飛躍的に発展したひとつの原因に、各地の特殊文庫、あるいは図書館にある優れた本、特に古写本が、出版社から影印本として刊行されたことに関係あると思います。戦後いくつか出された影印叢書のなかで、特に『天理図書館善本叢書』の存在は大きく、先生はその叢書の解題にも関係され、また叢書全体の出版計画にも加わられたとお聞きしています。『天理善本叢書』にまつわる思い出をお聞かせください。『天理善本叢書』にかかわられたきっかけは、国内研修であったともうかがっていますが。

片桐　『天理図書館善本叢書』というのは天理図書館が所蔵していた本で、最高の善本といわれていたものを出版したものです。私は、ちょうど、昭和四十八年（一九七三）、助教授だった頃に、大阪府の国内研修員として、天理大学へ行きました。大阪女子大では、国内研修員は、どこの大学へ行ってもよくて、みなさん京大など国立の大学へ行きたがるのですが、私はあえて私立大学の天理図書館、といっても、図書館では受け入れられませんので、天理大学で受け入れてもらって、図書館へ一年間通いました。この研修員時代は、大阪女子大学で授業をしなくてもよいので、学年末などを除いて、週に三日は天理図書館へ行っていました。しかし、そのころは大阪女子大学の国文学科の中でごたごたがあって、よく呼び出されて、意見を言わされたりもしましたので、行けない日も多かったのですが、今から考えるとよく通《かよ》ったと思います。西大寺の駅で乗り換える時に、風に吹かれながらホームで待っていて、「寒いなあ」と思いながらも、熱心に通ったものです。

――そこで出会われた先生方のお話をお聞かせください。

片桐　私は、中村忠行先生に指導教授をお願いしました。その後、定年になられて、甲南女子大に移られましたが、平安文学、特に『宇津保物語』が御専門で、宇津保物語研究会でお世話になったことは前に述べました。清朝の文学を中心として日中の比較文学もやっておられたせいで、私がお世話になった年の後半、交換教授として、アメリカのインディアナ大学へ行かれました。

中村先生のアメリカ御出張中は、代わりに浄瑠璃研究では日本一の学者である祐田善雄先生が指導教授になってくださいました。そういう大学者ともお付き合いが出来てかえってよかったと思っています。それまでは、祐田先生については、京大の先輩であるとか、私の同級生の信多純一君がお世話になっている先生であるという程度にしか意識していなかったので、お話ができただけでもよかったと思っています。お二人とも故人になられましたが、お葬式の時には、心から御冥福を祈るとともに御礼を申しあげました。

――天理図書館については、何が印象に残っておられますか。

片桐　私が天理図書館で最もよく見せていただいたのは、『伊勢物語』です。『伊勢物語』は写本の数から言えば、鉄心斎文庫が日本で最も多くの『伊勢物語』の写本を持っています。しかし、質の点では、鉄心斎文庫には悪いのですが、天理図書館の方が優れています。その多くは、反町茂雄氏の弘文荘から買ったものでこれこそ本当の古典籍というか、宝物に近いような鎌倉時代の写本が多いのです。それがもとになって『天理図書館善本叢書』を出した時には、その時の調査をもとに鎌倉時代の写本三本を選び、『伊勢物語諸本集Ⅰ』を編集、解題を書いて刊行しました。

――その中でも特にご紹介いただける本といえばどれでしょう。

片桐　『伊勢物語諸本集Ⅰ』の中の一本である伝為家筆本は、為家真筆ではありませんが、為家と同じ鎌倉時代中期の書写。その本の帖末近くに、いわゆる小式部内侍本から増補した章段や歌が付いています。これには有名な四段の「月やあらぬ春や昔の春ならぬわが身ひとつはもとの身にして」の歌の後に、他の本にはない返しの歌「梅の花香をのみ袖にとどめおきてわが思ふ人はおとづれもせず」があったり、八十四段の「忘れては夢かとぞ思ふ思ひきや雪踏み分けて君を見むとは」の返しの歌として、「夢かともなにか思はむうき世をばそむかざりけん程ぞくやしき」という歌が加えられていたりします。この返歌は二首とも『新古今集』にとられていますので、新古今撰者が資料にした『伊勢物語』はそういう返しの歌があった本ではなかったかと思われます。『新古今集』から『伊勢物語』

が増補したと考えるよりも、そのほうが自然なのです。『新古今集』の撰者名注記を見ると、どちらも、定家は関係していないという事実からも、このようなことが言えるのではないかと思います。

天理図書館には、そういう貴重な本がたくさんあります。ほんとうは写真を取ってほしかったのですが、恐れ多くて言い出しにくく、全部自分で下手な字で書写しました。一年間あるのだからゆっくり調べられると思って全部書写して、何種類もある伝為相筆本や千葉本などを見ていきました。「抑伊勢物語根源……」という奥書が付いているものを、山田清市さんは根源本と名づけて一括していますけれど、実は十数種あり、そのすべてが違うということを、ここで多くの根源奥書本を見て思いました。定家は書写のたびごとに、少しずつ変えて、勘物として奥書を書いているのですが、奥書自体、変わってきている。だんだん短くなっているのです。そして最後の天福本などはそんなことも書かなくなっています。そういうことが確かめられました。

——多くの写本を実際に見られてこその御意見ですね。

片桐　『伊勢物語』関係では、注釈書も多く見ました。その結果は善本叢書『和歌物語古註集』『和歌物語古註続集』に生かしました。このように天理図書館は、まさに、『伊勢物語』の宝庫ということができます。たいへんな勉強をした、というより、初めて鎌倉時代の写本を手に取って見た、これが最も貴重な経験だったと思っています。

〈私家集研究、昨日今日明日〉

――『天理図書館善本叢書』に関するお話を他にもお聞かせください。

片桐　『天理図書館善本叢書』の第一期には『平安諸家集』が入っています。橋本不美男さんが解題を書かれ、定家筆の『伊勢集』とか、『実方集』、『曾丹集』などが収められています。これも反町さんの弘文荘から入ったものです。その月報に「私家集研究昨日今日明日」という文章を書きました。これも天理図書館に関する大きな思い出のひとつなのです。ちょうどその前に、京都大学に非常勤講師に行っていた頃、堀部正二氏のノートが、一括して研究室にあって、その調査を依頼されていました。これは、堀部正二さんのたいへんな勉強の跡で、今考えてもよくあんな勉強家が世の中に存在したものだと、つくづく思われるほどのものです。私家集なども片端から写していましたが、私家集ばかりか、中世の連歌まで、写し取っています。そのエッセンスは『中古日本文学の研究』『中世日本文学の書誌学的研究』に入っていますけれど、そこに紹介されたのはほんの一部です。京大や陽明文庫の調査もありましたが、宮内庁書陵部の本などは、どうやって通われたかと思うくらいたくさんの調査がなされていました。その他、静嘉堂文庫や東洋文庫などへ行って、書写されたノートもたくさんありました。鉛筆で、ノートに非常に細かく書いてありまして、私は私家集研究はここから始めないといけないと、その時は思っていました。

けれど一方で、その頃、宮内庁書陵部の『桂宮本叢書』の私家集が、橋本不美男さんたちの努力によって出版され始めました。また、吉田幸一さんの古典文庫でも私家集が相次いで出版されていました。それで、「これこそ私家集研究の宝庫だ、私家集研究の原点だ」と思っていた堀部ノートが急速に古びたものになってきてしまいました。そのスピードは凄いものでした。逆に言うと、これらの出版物に入れられていたものを、堀部さんはほとんど全部鉛筆で写していたということになります。いかに凄い人であったかということがわかるのです。その堀部ノートの問題に触れながら、それまでは、私家集の伝本調査、翻刻紹介が主流であり、堀部さんはその最先端を走っておられたが、最近の諸本の翻刻によって、それも到達点が見えて来た、伝本研究の次には、やはり作品そのものを読むことが必要となってきますので、次になされるべきは私家集の注釈だということを書きました。

――それが月報に書かれたテーマでしょうか。

片桐　「昨日今日明日」という題に即して言うと、堀部ノートの時代が昨日、『天理図書館善本叢書』のような影印本の出版で写本の実態を知ることができるようになった現在が今日、そして私家集研究の明日は、作品を読む、注釈研究が基本とならざるを得ないと書きました。私家集研究の予言めいたことを書いたわけですが、その後、見ていると、私家集の注釈がたくさん、風間書房、貴重本刊行会、笠間書院、大学堂などから出版されています。ほとんどの平安朝の私家集は一応の注釈は出ているという状態になりました。まさに、隔世の感がありますし、予言者めいた発言をしたものとしては満足に思います。注釈そのものの質はまだまだ不満もありますが、こういうものが出る時代になったことを喜んでおります。

〈『天理図書館善本叢書』の思い出〉

――先生は『天理図書館善本叢書』の編集会議にも加わっておられたとお聞きしました。

片桐　『天理図書館善本叢書』については、途中から中村忠行先生がアメリカへ行かれたために、その代理として、国内研修の途中から呼ばれて、叢書の編集委員会に出席していました。正式の編集委員は、野間光辰先生をはじめとして、偉い先生方ばかりが並んでおられました。富永牧太さん、この方はキリシタンもの研究では日本一の学者で、天理図書館の図書館長さんでした。それから中村幸彦先生は誰でも御存知でしょう。また、木村三四吾先生は俳諧研究や馬琴研究の大家ですが、書誌学者としても、これほど偉い学者はないと私は思っていましたので、傍に寄るのもこわい感じでした。妥協のない、ずいぶんこわい先生で、叱られた人もたくさんいましたが、私はやさしくしていただいておりました。その他、年齢は私と同年輩ですが、今は故人となった今西實さんという天理大学の教授が加わっておられました。また漢籍も関係するというので、今もご健在の司書研究員の金子和正さんが入っておられましたが、国文畑だけでいうと、野間光辰先生、中村幸彦先生、木村三四吾先生の三先生が取り仕切っておられた。そこへ出て行って、中村忠行先生の代わりというはずだったのですが、忠行先生がアメリカから帰られてからも、君にいてもらった方が便利だと言われて、そのままずっと出席しました。編集委員として名前が出たのは、終わりの方ですが、かなり早い段階から関係していたのです。そこで、どんな本を選んで紹介するか、どんな風に印刷するか、ということを検討して、随分勉強になりましたし、貴重な体験をさせてもらえました。野間光辰先生は御大で何もおっしゃられなかったのですが、中村幸彦先生、木村三四吾先生のおふたりの本の見方の鋭さには、本当に感心しました。

――編集会議はどのような雰囲気だったのでしょう。

片桐　『天理図書館善本叢書』は隔月に出ていたのですが、そのたびに編集委員会がありました。出来たものを点検するのですが、八木書店に拠る原版を一頁ずつ原本と照らし合わせて確認して、出版の許可を出されました。そういうしんどい仕事をして、次の編集や月報の依頼を誰にするかなど話し合って決めていきました。しかし、実はその後が楽しみで、天理の迎賓館のような、和楽館という場での会が待っていました。中村幸彦先生のお気に入りの、焼いた鯛を入れた大きな鉢に熱い日本酒を注いで回しながら飲むというようなこともしまして、大先生のそばで、一番若か

天理図書館善本叢書編集委員会の頃。中央は野間光辰先生。左は今西實氏。

った私が皆さんにお酒を勧められて、調子に乗って痛飲したことも楽しい思い出です。

――先生の担当されたお仕事についてはいかがでしょうか。

片桐　『天理図書館善本叢書』は結局第五期まで出たのではないかと思いますが、私は先にお話しした『伊勢物語諸本集』と『和歌物語古注集』という『伊勢物語』『源氏物語』や『古今集』などの注釈書を集めたもの、またその『続集』を扱いました。天理図書館の善本といえば、平安朝のもの以外で、やはり、江戸、中世のものに素晴らしいものが多いのです。重要文化財クラスのものがずらっと並んでいます。専門外ですけれど、そういうものを、二ケ月に一回見ることができて、一丁ずつ脱落がないか見て、また、できあがった影印と比べながら見たということは、大変な勉強になりました。専門外のものを実際に手に触れて見たというのは、その時が最初で、しかも一級品ばかりを見ることができました。それまでは一級品はガラス越しでしか見たことがありませんでしたから、大変な感動でした。そういう意味で、『天理図書館善本叢書』は、国文学の研究の歴史に残るものですけれど、同時に私自身の研究の歴史に残る仕事だったと今でも思っています。

18　和歌文学会関西例会の出発

――和歌文学会は、万葉の時代から現代短歌に至るまで、時代を越えた和歌文学研究者の集まりで、年に一回、秋に大会が行われる外に、東京と関西で例会を行っているわけですが、この和歌文学会の関西例会は昭和五十一年（一九七六）に出発しました。この関西例会を始めるにあたっては、片桐先生がたいへんご尽力なさったとうかがっています。その発足当時のことについて、少しお話しいただきたいのですが。

片桐　大阪女子大に大学院ができた時、大阪女子大学が小さな大学だから言うわけではないのですが、自分の大学だけで、自分の先生だけに指導されていては駄目だ、もっと、広い世界に出るべきだと考えました。といっても和歌文学会の大会は年に一度しかないし、関西だけで何かやれるような会があったらと思ったのです。それと同時に、東京では年に五回か六回も例会をやっているのに、関西にないのはおかしい。特に若い人のためには、なんとか、そういう場を関西にも作らないといけないと思ったのです。

そこで、谷山茂先生にそのお話をして、なんとかできないものでしょうかとお聞きしました。する

谷山茂先生
1984年、『谷山茂著作集』（角川書店）完成祝賀の会。後姿は橋本不美男氏、阪口和子氏。

と、「非常にいい話やけれど、わしはごちゃごちゃ動くんはいややで。君がやれ」と言われたのです。私は、橋本不美男さんや、藤平春男さん、井上宗雄さん、福田秀一さんといった、東京で中心になって活躍している人達と和歌史研究会を通じて親しかったので、その方達にざっくばらんにお話をして、理解、協力してもらって、無理なく関西例会の設立を納得してもらいました。和歌文学会の大会の前の委員会で、谷山茂先生は、一言、「よろしく頼む」とおっしゃっただけですが、さすがに大人物なのでその一言のあと、私は非常にスムーズに事を運ぶことができました。

——例会での研究発表の思い出をお聞かせください。

片桐　第一回を谷山先生の勧めておられた京都女子大学で、昭和五十一年（一九七六）十一月に開きました。竹下豊さんがまだ京大の大学院の学生だったのですが、発表しました。発表者はほかに上野純子さん、新井栄蔵さんという三人でした。はじめの数年は年四回やりましたが、いつのまにか三回ということになって、続いております。今年（二〇〇一年）中には七十七回になるようです。ここまで回を重ねられたというのは、私の力だけではなしに、たくさんの人達のおかげなのです。今や関西

和歌文学会関西例会も成長して二度のシンポジウムを開く。隠岐本新古今集をめぐるシンポジウム（1997年7月）であいさつ。

例会は、すっかり根づいているといえます。

例会の第四回には、田中登さんも「他撰本貫之集の再検討」という発表を、昭和五十二年九月二十四日にしています。私も以前から、『貫之集』は他撰本のほうが古い形態で萩谷朴さんの説は間違っていると思っていましたので、この発表には、全く我が意を得たりという気がしました。この発表がなかったら、関大に来て貫ってなかったのではないかと思うくらいの深い印象があります。このようにして和歌文学会関西例会は、たいへんな実績をあげたと言うことができます。少し前に作られた、「和歌文学会四十年の歩み」という『和歌文学研究』の特別号を見ていると、かなり間違いもあって、帝塚山短期大学と帝塚山学院短期大学を混同しているので訂正を申し入れても、また逆に訂正されるというような混乱、記録としての間違いはありますが、その実績はちゃんと記録されています。これは神戸平安文学会（今の関西平安文学会）と並んで、関西の大学院生の発表の場となり、多くの人が育ちました。「やっぱり作ってよかった」というのが、今の実感ですが、関西大学の大学院生もどんどん発表してもらいたいと思います。

19　陽明文庫と『陽明叢書』

〈陽明文庫とのつきあい〉

――さきほどは影印叢書ということで『天理図書館善本叢書』のことをうかがったのですが、それに引き続いて、我々平安文学研究者にとっては、『陽明叢書』の存在が大きかったように思われます。『陽明叢書』では、先生は『和漢朗詠集』と『新撰朗詠集』の解題を担当されましたが、それに限らず、企画の段階からこの『陽明叢書』にいろいろ関わられたと聞いております。この叢書やまた陽明文庫自体についても、お聞かせください。

片桐　陽明文庫は、京大の大学院生の時から出入りさせてもらっていますが、特に『拾遺和歌集の研究　校本篇・伝本研究篇』を出した時には、週に一度くらい通《かよ》って調べさせていただきました。そのころの責任者は小笹喜三という方でした。個人的にも短冊の蒐集家として知られている人物で、書道家としても立派な筆跡を残しておられます。近衛家の文庫ということで、なんといっても道長から繋がる伝統の世界であるわけですから、本を拝見にうかがうと、まず抹茶をたてていただき、いろいろ世間話をしなければなかなか本が見られないのでした。私はせっかちですから、いつもいらいらして、早く本が見たいなあと思いながら、待っていましたが、小笹さんは非常にゆったりとした人で、急ぐということが全然なかったのです。

あそこには立派な庭があって、いつも庭の手入れをされている方がおられました。お話したことはないのですが、この人が、小笹さんのあとで、陽明文庫主事、今は、陽明文庫文庫長になっておられる名和修さんのお父さんでした。名和修さんは、陽明文庫を全部ひとりで切り盛りされ、現在の陽明文庫は、彼の存在と切り離しては考えられないのです。近衛家の歴代の筆跡を見て、すぐどの人のものか見分けることができます。生きた近衛家歴史辞典と言ってよいでしょう。

陽明文庫にて。右より名和修氏、『御堂関白記』を仏訳したフランス国立高等研究院のフランシーヌ・エライユ博士。（1993年３月）

——先生と名和さんのお付き合いの中で、『陽明叢書』が刊行されたのですね。

片桐　実は彼と私は、ある時、親戚になってしまいました。私の一歳年上の母方の従姉妹が、兵庫県の小野市におります。その従姉妹の結婚相手（もう亡くなりましたが）の姪が、名和さんの奥さんということになります。陽明文庫は、私はどちらかといえば、小笹さんの時代によくお世話になったのですが、親戚になったからということで、名和さんと日本酒を飲む機会ができました。この時に陽明文庫の内情は独立採算に近い状態で大変苦しいということを聞いたのです。陽明文庫の収入は、文庫の中にある建物を、お茶会などに貸して得ているということです。学者先生が本を見にきても、収入にはなりませんから、独立採算はたいへんなんです。今はあちこちの展覧会に出品して収入を得ておられるようですが、当時はそれもなかった。名和さんはなんとかしないといけないとあせっておられたので、たくさんある国宝重文級の本を影印で出版したらどうかということになりました。私が『天理図書館善本叢書』に関係していたことは彼も知っていたので、なんとか同じようにできないかと相談を受けたのです。それで、『陽明叢書』が始まりました。出版には思文閣が非常に熱心で、結局思文閣から出版することになったのです。

〈思文閣とのつきあい〉

――先生と思文閣のご縁はどのようなものでしょう。

片桐　思文閣の思い出といえば、少し話がそれますが、この間の『善本特集』（第十一輯）にも書いていますように、私が初めてちゃんとした本を買ったというのが思文閣からでした。ちょうど、私の結婚式の一週間ぐらい前、今の相場から言えば廉いのですが、伝兼好筆『伊勢物語』を昭和三十六年（一九六一）に二十万円で購入したのです。兼好の真筆ではありませんが、南北朝時代の書写であることは間違いなく、しかも、頭注・傍注などの書入れが六条家の清輔流の本文と注釈であるという珍しいものでしたので、何とか手許に置いて調査したいと思ったのですが、月給が二、三万円前後の頃でしたから、そんな余裕はありません。夜、大阪女子大学の図書館長のお宅まで出かけて、何とか女子大の図書館で買ってほしいとお願いしたのですが、問題にもされませんでした。しかし、これだけ騒いでそのままに終わるのも腹立たしいし、余所に売るのを待ってくれている思文閣にも悪いので、思い切って共済組合で借金して個人で買うことにしました。当時は専務だった今の社長の田中さんが、片桐先生は結婚式を取りやめてその金で本を買ったとか、新婚旅行をキャンセルして本を買ったとかいうように、人々に話しておられるということですが、それは伝説です。結婚式はもちろんしましたし、三泊四日の国内旅行でしたが、新婚旅行もちゃんとしました。ただ結婚式の直前に思い切った買い物をしたことだけは事実です。

なお、この本は、その後、数年経ってから、大阪府から特別研究費をいただく機会があり、府指定の古書籍商に再評価してもらって大阪女子大学図書館に入れ、借金を返済することができました。そして、私が退職してからのことですが、植樹祭に天皇陛下が大阪にお出ましになられた時、ロイヤルホテルで天覧に供するなど、大阪女子大学の貴重書中の貴重書として扱われていますが、国宝・重要文化財の審査委員を勤めている今の私の目から見れば、いささかオーバな評価のように思えるのですが……。

――先生の思文閣との関係で、その後の『陽明叢書』のお仕事も順調に運んだのでしょうね。

片桐　いろいろ打ち合わせをして、『陽明叢書』の内容見本の案内にもいろいろな方に推薦文を書いていただきました。たまたま今手許にありますが、神田喜一郎、坂本太郎、野間光辰、久松潜一、山岸徳平というそうそうたるメンバーです。

私は、先にお話があったように、『和漢朗詠集』と『新撰朗詠集』の解題を担当しました。『和漢朗詠集』は、半分しか残っていませんが、国宝です。伝浄弁筆と言われる鎌倉末期筆の『和漢朗詠集』は上下巻揃っています。また『新撰朗詠集』は寂蓮筆と言われ、重要文化財です。寂蓮かどうかは別にして、鎌倉初期の写本です。このほか、『伊勢物語』や『大和物語』もあったのですが、こういう機会だから、今までと違うものを勉強したいと自分で言い、『伊勢物語』や『大和物語』は、名和さんの恩師の同志社大学の南波浩先生にお願いしました。『陽明叢書』には中古私家集も入っているのですが、これは橋本不美男さん、久保木哲夫さん、松野陽一さん、杉谷寿郎さん、こういう方々に担当していただきました。

――先生は内容見本のパンフレットまで作られたということですが。

片桐　この内容見本を作る際、私はずいぶん協力したのですが、私の名前はどこにも出ていません。むしろ出ないようにお願いしたのです。まだ、若かったので遠慮していました。

〈『源氏物語』別本研究の礎〉

片桐　この『陽明叢書』が全部出て、結構売れたということで、今度は『陽明文庫本　源氏物語』というものを出そうということになりました。この内容見本も、市古貞次さん、円地文子さん、野間光辰先生、松尾聡さんいうような方々に、推薦文を書いていただきました。それから、この意義を、『源氏物語』研究史の中に位置づけて書いた文章は、全部私が書いたものです。これも署名なしで書いています。

　ここで私は、『源氏物語』の伝本について大変大胆なことを言っています。青表紙本も河内本も、共に校訂された本文なのだと、見出しにも書いています。河内本は別にしても、青表紙本が校訂本だなんて、当時の源氏学者にいうと、顰蹙ものでした。青表紙本といえば、定家が親本を一字一句違えずにそのまま忠実に写したのだと、その当時はみなさん思っていらっしゃったのです。源氏学者は青表紙本信仰だけで、具体的な伝本研究を、池田亀鑑博士以降あまりされていませんし、池田博士の研究にそのままよりかかって、青表紙本はすばらしいというだけで何も考えていないのが当時の大体の実状でした。

　ところで、陽明文庫本の『源氏物語』は五十四帖の中のかなり多くの巻が別本なのです。別本と一口に言っていますが、実は定家以前のもの、あるいは、定家本かどうか判定のつかぬものも含まれていますから、一巻ずつ、一帖ずつ見ていかないといけないということも内容見本に書いています。

「別本としての陽明文庫本」という見出しを書いてもいます。

——源氏研究に対する先生のお気持ちを大胆に表明されたということですね。

片桐　『古今集』『後撰集』『拾遺集』や『伊勢物語』の定家本の展開をずっと跡づけてきた自分としては、定家本『源氏物語』の研究のあり方が非常にまどろっこしかったのです。無署名であるのに、「古今集、後撰集、拾遺集や伊勢物語などの伝本研究があきらかにした定家本の成立過程を援用すれば」などとも書いています。これを四つともやっているのは日本中で私しかいないわけで、その当時から私が書いたと、思われて当然だったのですけれど、これが契機となって、学界では『源氏物語』の諸本研究が進んできました。その後、『源氏物語別本集成』という本まで出て、別本というものが、非常に見直されてきました。

——具体的な影響という点ではどうですか。

片桐　吉岡曠と室伏信助という源氏学者がいますが、この人たちは『源氏物語』の内容や構想についてすぐれた論文を書いていたのですが、伝本研究にはほとんど実績がありませんでした。しかし、昔からの友人ですので、私はこのお二人を推薦して担当してもらいました。すると、どちらもその後、『源氏物語』の諸本研究を熱心にやっておられる。吉岡さんは『源氏物語』本文研究の第一人者になってしまい、室伏信助氏も角川書店の『大島本源氏物語』の編集責任者になって、その後も伝本研究の大家のように扱われています。こういう機会を御自分の学問にうまく生かせる人と生かせない人がいると思います。

――ほかにも『陽明叢書』に関して、感じておられることはおありでしょうか。

片桐　とにかく今考えてみて残念なことは、影印が悪いということです。影印の版面が暗く、鮮明さが足りない。現在の『冷泉家時雨亭叢書』にくらべると、雲泥の差といってもよいほどです。また既に出ていた『天理図書館善本叢書』にくらべても悪いということが、残念なことです。それはなぜかというと、原因は先に触れた陽明文庫の経済状態にあります。名和さんがみずから写真を撮っていた……。ですからよくないし、思文閣も今でこそいろいろな本を出していますが、そのころはそうでもなかった。それでよくないのですが、しかし、そういう苦しい中で皆で一生懸命やってきたという風に評価すれば、自分もその中に関わってきた人間として、これはこれでよかったのだということができます。

『源氏物語』の場合、特に、これは思文閣の要望でもあったのですが、翻刻をつけるということがありました。翻刻は、非常にむつかしい。というのは、現物が付いていない翻刻はいいのですが、写真が付いている場合、較べると読み間違いがすぐに分かってしまうからです。最初の一、二巻は私が仕方なくやりましたが、あとは今帝塚山短大にいる清水婦久子さんに、二巻の途中からアルバイトとしてやってもらいました。本に彼女の名前は出ていませんが、彼女には非常に勉強になったと思います。その後、話は変わりますが、『首書源氏物語』を和泉書院から出した時に、ひとつのアイディアで、付録として種々の版本に見える挿し絵をつけました。それも彼女にやってもらいました。彼女のその後の研究を見ていると、この二つが根本になっているので、本人は自覚しているかどうか分かりませんが、あれがなかったら、恐らく今日の彼女の学問はなかったのではないかと思います。そういう意味で、それぞれの機会を私自身も生かしてきたし、関係した人も生かしてくれているので、影印本としてのできばえは、もう一つなのですけれど、『陽明叢書』は、嬉しい存在であり、あの時点においては、よくやったと思っております。

20　海外古典籍調査

〈海外和本調査の先達〉

――先生はご研究のために日本各地の文庫や図書館を調査してこられましたが、調査の範囲は、国内のみにとどまらず海外にまで及んでおられます。ここで海外の古典籍調査について、じっくりお話を聞かせていただきたいのですが。

片桐　海外にいろんな古典籍があることを知り始めたのは、昭和五十年代に入ってからだと思います。有名な『日本の古典籍　その面白さその尊さ』……これはぜひ皆さんに読んで頂きたい本ですけれども……、この本の著者である反町茂雄さんは、敗戦直後の日本人がとても古典籍を買えない時代に、海外に日本の本を売っておられた。むこうの人は本の中身はわからないけれども、綺麗だからということで日本の本を買うわけです。それを反町さん自身が記録に残しておられるわけですが、海外の図書館の日本の古典籍の目録まで作っておられた。それによって、海外の古典籍に私達の眼が開けるようになりました。これは反町さんの功績であり、私が海外調査をするようになった大きなきっかけの一つです。

私にとって海外調査のもう一つのきっかけは、ペンシルバニア大学教授（当時。現在はコロンビア大学名誉教授）のバーバラ・ルーシュさんです。この方は日本の研究者とはまったく違うイメージの研究者で、アイルランドのダブリンにあるチェスター・ビーティ図書館に、奈良絵本と呼ばれている日本の絵入本が多く所蔵されているということを発見した人です。

彼女が京都大学に学生として留学中、京都のある食堂で食事をしていると、同じように食事をしている上品な紳士がいた。昭和三十年代の日本で、まして、そのような食堂で外国人が食事をしているということ自体が珍しく、お互いに声をかけ合うと、むこうは日本関係の美術を扱っているイギリス人だということがわかった。あなたは何をしているのかというその紳士の質問に、自分は京都大学で御伽草子を研究しており、御伽草子というのは奈良絵本として絵を伴っているんだという話をすると、その紳士は「あなたの言うような本を、アイルランドのダブリンの図書館でたくさん見たことがありますよ」と言ったわけです。

そこで、ルーシュさんは、アメリカに帰る時、大回りになるんですけれども西回りで帰り、ロンドンから飛行機を乗り換えてダブリンに向かったんですが、ダブリンのどこの図書館かわからない。図書館という図書館を全部回って、折しもの冷たい雨に震えながら、やっとチェスター・ビーティ図書館にたどり着いたのですが、はじめは図書館の人もそんな本はないというわけです。しかし、なおも聞き出していくと、留守番をしているような女性が「奥にこんなものがあります」と箱から出してきたのを見ると、これが驚くほど美しい奈良絵本の山だったということで、びっくりして、「自分も奈良絵本の研究をしているので調査させてください」ということで調査を始められたわけです。

ルーシュさんがすごいのは、日本人ならこういう場合、自分だけが利用して自分だけの論文を書くというのが普通ですが、この人は、外国人や日本人の研究者を多く集めて「奈良絵本国際研究会議」を結成し、ツアーを組んで在外の奈良絵本の現地調査を行った。また、ロンドン、ダブリン、ニューヨーク、東京、京都の世界各地で、御伽草子の持つ世界性に関するシンポジウムを開催したのです。

チェスター・ビーティー卿は鉱山で巨万の富を成して色々な骨董品を収集し、このような多くの御伽草子をも収集したわけですが、ロンドンの大英図書館やニューヨークのパブリック・ライブラリーにも御伽草子があるということをルーシュさんが言い出して、御伽草子を研究している市古貞次さんを団長にツアーを組みました。このツアーには、佐竹昭広さんや松本隆信さん、岡見正雄先生も参加しておられます。

このような大がかりの調査には大変なお金がかかりますし、これが国際的大事業であることを内外に示すためにも、ルーシュさんは日本の財界をまわって資金集めをしたのです。そして、調査とシンポジウムの結果を、奈良絵本国際研究会議編とし、代表者を自分の名前にして、角川書店から『在外奈良絵本』、三省堂から『御伽草子の世界』として出版しました。

京都では、思文閣美術館で展覧会とパーティーがありました。私も行きましたが、展示された中には『伊勢物語』『竹取物語』の絵入本もあり、それらに対するルーシュさんらの間違った評価や紹介なども気になって、これではいけない、自分で実際に見なければ、と行く気になったのが海外調査のもう一つのきっかけです。

〈最初の海外調査旅行〉

――海外のどのような国で、どのような古典籍との出会いがあったのでしょうか。

片桐　最初の海外調査は、大阪府大学在外研究員として昭和五十七年（一九八二）の六月一日に出発し、五十日ほどでアメリカ、イギリス、アイルランドの三カ国を回ってきました。

アメリカでは、まず、ニューヨークのメトロポリタン美術館に行き、ドナルド・キーンさんの教え子の方に案内をしてもらって『絵入竹取物語』を見ましたが、ここの『竹取物語』はメトロポリタン美術館から本となって出版されており、特に日本からの観光客に大変売れたので非常に喜んでいるとのことでした。この美術館には、その後、日本の企業がお金を出してジャパンルームができ、以後も日本の物が収集されているようです。

それから、同じくニューヨークのマンハッタン五番街にあるパブリック・ライブラリーを訪れました。パブリック・ライブラリーを「公立図書館」と訳している人がいるのですが、これは誤訳で、公共に奉仕するために「パブリック・ライブラリー」との名が付けられているわけであって、寄付金で成り立っているのです。アメリカでは日本と違い、文化機関に寄付をすれば税金の点で非常に有利になり、私立大学なども寄付で運営されています。授業料に頼って学生を集めなければならないというのが日本の私立大学ですが、アメリカでは先輩を始めとする寄付金で運営され、授業料は非常に安くなっているのです。これは余談ですが。

パブリック・ライブラリーにはスペンサー・コレクションと呼ばれるコレクションがあります。これもほとんど反町さんが売ったもので、やはり絵入本が中心ですが、なかに三条西公条の奥書を持つ室町時代の『拾遺集』の写本があり、いい本ですが、これは表紙に綺麗な絵があるということで買われているのです。スペンサー・コレクションの『伊勢物語絵巻三巻』は、『伊勢物語』のすべての段を絵画化したもので、このような伊勢物語絵は日本にはなく、毎日通って見せてもらいましたが、閲覧が午後に限られているので午前中はもっぱら観光で、私と同じ年であるエンパイヤーステートビルには特に親近感を感じ、我ながらおかしかったのですが、二回も昇りました。

――そうですか。

片桐　大岡信さんに『アメリカ草枕』という本があるのですが、それを読むと、ニューヨークの郊外に建築関係の仕事をされている太田草一さんという人がおられて、この人が室町時代の『伊勢物語絵巻』を持っており大岡さんが見せてもらったと書いてある。大岡さんに問い合わせて、その人の住所を知り、私も見せてもらいました。残念ながら、江戸時代の寛文頃と思われる奈良絵本で室町時代のものではなかったですが、親切にしていただき御馳走にもなって、非常にいい思い出になりました。

その後、今は統合されてハーバード大学美術館という名称になっていますが当時はフォッグ美術館と言った、ボストンにあるハーバード大学の美術館を訪れました。ここの美術館はゴーギャンの絵なども有名なのですが、中国や日本の素晴らしい絵を多く所蔵しており、伊勢物語絵もかなりあって、その大半は伊藤敏子さんの『伊勢物語絵』に収められています。悪い写真で見にくいのが残念ですが。

――他に訪れたところはありますか。

片桐　ハーバード大学のすぐ隣には私立のラドクリフ女子大があり、私も女子大に勤めていたのでアメリカの女子大がどういうものか関心があり、知人もいないのですが、訪問していろいろ尋ねました。ラドクリフ女子大は、小さいけれども非常に美しい大学で、覚えている人もあるかと思いますが、「ある愛の詩《うた》」という有名な映画はここの女子大生とハーバード大学の学生との恋愛を描いたもので、このラドクリフ女子大が映画の舞台となりました。

ここの学生は講義を全部ハーバード大学で受けているとのことで、学長は女性なのですが、その学長から学問は女子だけではだめだということを盛んに言われました。話は少しそれますが、アメリカの女子大の学長はすべて女性で、後に私が大阪女子大学の学長になってから、サンフランシスコの郊外にあるミルズ女子大を訪れた時、むこうはてっきり私を女性だと思っていたのに男だったのでびっくりしていたことがありました。

それはともかくとして、ラドクリフ女子大の学長から「学問は女子だけの大学ではできません」と、そこまではっきり言われまして、女子大のこれからのあり方について深く考えさせられました。

私が外国に行ったのは、子供が高校生と中学生になったので、結婚二十周年記念として夫婦でヨーロッパへツアーの観光旅行で出かけたのが最初でした。最初の海外旅行は団体ツアーのほうがよいと思います。

アメリカへ行った時も妻も連れて行き、ニューヨークに泊まっていたのですが、妻は現地の観光会社の一日ツアーでワシントンやカナダのナイアガラの滝などへ行き、私はというと、ワシントンもナイアガラも見ないで、ひたすら勉強していたのです。

――その時は、たしかアメリカを経由してヨーロッパにいらっしゃったのですよね。

片桐　そうです。妻はニューヨークから日本に帰らせて、私だけがボストンへまわり、ハーバード大学の美術館や図書館での調査を終えて、イギリスとアイルランドへ行ったのです。ボストンの空港からロンドンへ飛んだのですが、その時の思い出に、学問とは関係ありませんが、日本の飛行機の値段がいかに高いかよく分かったということがあります。

日本航空のチケットでアメリカ回りでロンドンに行ったのですが、ボストンからロンドンへの日本航空のフライトはないので、ＴＷＡという航空会社の飛行機で飛ぶことになりました。この時に日本航空のエコノミークラスの価格をそのまま換算すると、向こうではファーストクラスになるのです。もっとも当時は一ドル二〇〇円を超えていたせいもありますが大変な隔差です。ファーストクラスだとスチュワーデスがキスをしてくれるんです。ただし、頬にですが。アメリカ人の女性にキスされて、これにはびっくりしました。日本の航空料金がいかに高いかがよくわかったし、一生忘れられない思い出になりました。

大西洋というのは太平洋に比べて飛ぶ距離が短いので、朝早くにはロンドンへ着き、それから、さらにアイルランドへ飛びました。アイルランドは、ある時期まではイギリス領だった国です。南アイルランドは独立してアイルランド共和国になりましたが、北アイルランドは今でもイギリス領で、イギリスからの独立運動が盛んで、たえず抗争が繰り返されています。

アイルランドの首都ダブリンにあるチェスター・ビーティ図書館では、『伊勢物語』や『竹取物語』、また『源氏物語』を見て、写真を撮りました。ここの『伊勢物語』については『伊勢物語の新研究』の「在外伊勢物語瞥見」で述べています。ハーバード大学美術館にある正徹筆の『伊勢物語』の本文についても、その論文の中に書きました。絵については伊藤敏子さんが『伊勢物語絵』に書いています。私も写真をとって全部持っているので整理しようと思いながら、忙しくてできていません。こういう問題はじっくり時間をかけてやらないといけないので、時間にゆとりができたら取りかかろうと思っています。

チェスター・ビーティ図書館では、『伊勢物語』のほかに、『源氏物語』をはじめとするいくつかの絵入り本を見ましたが、これらは版本の写しでした。臨川書店が岩波書店の『図書』のような雑誌を創りたいということで『鴨東論壇』という雑誌を出したことがありました。残念ながら創刊号だけで終わってしまったのですが、依頼されて「ヨーロッパにおける源氏物語」について書きました。これは最近出した『源氏物語以前』という単行本に収めました。

――ロンドンはいかがでしたか。

片桐　ロンドンでは、大英博物館の図書部が独立した大英図書館に毎日通って、やはり『伊勢物語』と『源氏物語』を見ました。『伊勢物語』については、二点ある絵巻の他は版本が多いのですが、版本でも、これだけまとめて見られる図書館は日本でも数箇所しかありません。

〈二度目の海外調査旅行〉

――一回目の海外調査は昭和五十七年（一九八二）だったそうですが、その後、またすぐにいらっしゃったようですね。

片桐　そうです。すっかり味をしめて、翌々年の昭和五十九年（一九八四）に、今度は、公立大学教員に対する文部省の在外研究補助金を得て、この時も六月に出発し、四十日間だったですけれどもドイツ、オランダ、スウェーデン、イギリス、そして再度アイルランドに行きました。

ドイツでは伝統校のルール大学ボッフム校に行きましたが、ここは東大と姉妹校で、東大の先生は一年間交換教授で行くことになっており、久保田淳さんも行っておられますので、出発前にいろいろ教えていただきました。

同じく東大教授の築島裕さんは、非常な勉強家でまた真面目な人なので、ここにある本を全部調べ、親切にも『伊勢物語』について調査したメモを送ってくださいました。それでここに『伊勢物語』の版本が多くあることを知ったのですが、実に二十数種類の『伊勢物語』の版本があり、なかにはいい版本もありました。また『玉造小町壮衰書』の古写本も印象的でした。

このルール大学ボッフム校を始めとして、『伊勢物語』の版本が海外に実に多くあります。大英図書館にも十種類以上ありましたが、そういうものを調査する時には、やはり手鑑のようなものが必要です。

――といいますと？

片桐　つまり、写真で奥書とどこかの丁を何枚か撮っておいて手鑑を作っておけば、それを見て、これはこういうものだな、こちらが古いなとか、版本でも後刷りかどうかが大体わかります。だから、「伊勢物語版本手鑑」を作っておけば便利だなと思いながら、まだ作っていない。私もかなり版本を持っていますし、鉄心斎文庫のものもあわせて、各数丁でいいから手鑑を作っておいて、海外へ行った時にそういう一冊を持っていけば便利だし、国内でもこの版本はどういうものかすぐわかるとかねがね思っているのですが、なかなか実行できていません。これも停年退職して時間があればやってみたいことの一つです。

――他に行かれたところは？

片桐　それから、今は統合されていますが、その頃、ベルリンは西ベルリンと東ベルリンに分れていました。その西ベルリンの州立図書館に行きました。ドイツは小さいけれども連邦国家なので、州立が国立に相当し、国立大学というのはなくて、すべて州立大学です。図書館もそうです。

このベルリンの図書館に勤めるエバー・クラフトさんという女性は、天理図書館にも来たことがあり、かなりの年配なのですが、非常な勉強家で、しかも気品があって、私はすっかりファンになってしまいました。ここでは、表紙の綺麗な、いかにも桃山調の『源氏物語』五十四帖や、奈良絵本の『源氏物語』など、珍しいものをいろいろ見ることができました。

同じベルリンの東洋美術館にも『伊勢物語』がいくつかありましたが、びっくりしたのは、英一蝶が各場面を浮世絵に描いた『風流伊勢物語』でした。これは鉄心斎文庫にもありますが、あれほどきれいなものを見たのは初めてで、あまりの美しさに絶句してしまいました。これは伊勢物語享受史において無視できないもので、ぜひもう一度見たいものです。

その時、紹介してもらったボン大学の日本研究所にも色々本があるらしいとのことで行きましたが、版本はいくつかありましたけれども、あまりいい本ではありませんでした。

――ドイツ以外では、いかがでしたか。

片桐　それから、スウェーデンのストックホルムにある王立図書館にも日本の本があるとのことで、手紙を出しておいて訪問しました。ここでは『八雲御抄』の古い写本を見ることに第一の目的があったのですが、『源氏物語』定家本の古い写本があり、この本には行間や貼紙に書入れ注があって興味深いものでした。また、なかなかいい短冊や手鑑もありましたし、かなり大判の『住吉物語』がありました。

それから、今は関西大学でも教えておられるのですが、その頃、大阪女子大学で朝鮮語を教えておられたヤン先生が、スウェーデンのストックホルム大学で日本語教師として勤めている韓国人の女性を紹介してくださって、その方にストックホルム大学を案内してもらいました。ご自宅にも招待を受けましたが、子供時代を日本で過ごされたとのことで、掛けたテープがすべて日本の、それも童謡と演歌のテープで、日本料理を御馳走になりながら日本の歌を聞いたことも思い出されます。この大学には写本などはありませんが、日本関係の本はかなりありました。

——その時は、フランスにはいらっしゃらなかったのですか。

片桐　行けませんでした。しかし、その後、数年たってから、パリの国立図書館に寄り、嵯峨本『伊勢物語』を二種見ました。

〈三度目の海外図書館めぐり〉

——その後、アメリカの西海岸の方にもいらっしゃったと伺いましたが。

片桐　私は平成三年（一九九一）の五月に学長をやめましたが、その直前の四月、大阪府が私の労をねぎらってくれまして、女子大視察という名目でアメリカへ行かせてくれました。この時はサンフランシスコ郊外のミルズ女子大を訪問し、その後、カリフォルニア大バークレー校の図書館へ行きました。

カリフォルニア州立大学のバークレー校は世界で一番多くのノーベル賞授賞者を出している優秀な大学ですが、ここの東洋図書館に三井家の本の三井文庫がある。骨董品的なものは東京の三井文庫に残っているのですが、江戸時代に写されたような本は、戦後売りに出されて、全部ここの東洋図書館に来ているのです。その中には、日本では天理大学の図書館に一本しかない『源氏物語』の注釈書もありました。この東洋図書館の三井文庫は全部国文学研究資料館に写真が入っていて、写真を使って研究も出来るのですが、感激という点では、やはりむこうに行って実物を見ないとだめですね。

私は学生時代、岩波書店から出版された『思想と行動における言語』という本を読みましたが、この著者はハヤカワさんという日系二世の人で、後にカリフォルニア大学バークレー校の学長になられ、大学紛争の処理にあたられました。私が訪問した際には、バークレー校は学生運動がかつて非常に盛んで大学紛争の思い出を語ると一晩も二晩もかかるという話を図書館の人から伺いました。

――海外にいらっしゃると、いろいろと感じるところ、考えるところも、おありでしょうね。

片桐　国外に流出した日本の本を見ることができるだけでなく、たとえ四十日や五十日間の短期間であっても、外国で生活し、外国人と話し、外国の文物に触れることによって自分の物の見方や生き方についての考え方が変わっていくことに気づきます。自分を見直すという点でも外国旅行は意味があると思っています。

また、チェスター・ビーティ図書館に二度目に行った時には、大阪の八尾出身の女性がボランティアで手伝いに来ておられて、この人は毎日お弁当を作って持ってきてくださった。日本人の故郷を思う気持ちが、日本からの、それも日本の古い本を見にきたということだけで親切にしてくださる。そんなことを体験して、本を見ることができたというのも素晴らしかったですが、日本では味わうこともない在外の日本人の人情に触れて感動し、また感銘も受けました。海外に出て、日本人のやさしさ、母国を思う気持に感動することが多いのです。日本にいる人たちが、日本を悪く言うことが国際化だ、国際文化だと思っているのと大きな違いがあります。

――確かにそうですね。

片桐 それにしても、このような海外での古典籍の調査や様々な体験は、バーバラ・ルーシュさんと反町さんの存在がなければ私には決してなかったことでしょう。観光旅行ぐらいはしたかもしれませんが。そういう点で、このお二人の先駆者に感謝の念を禁じ得ません。

このような海外調査で、かなり写真を撮って来たのですが、もう一度調べ直さないといけないケースもある。それに、そのような本がどこそこにあるというだけでは意味がない。やはり、その内容を検討して位置づけないと学問にはならないと思います。

最近、国文学研究資料館でも在外の古典籍のフィルムを集めているので、海外まで実際に見に行かなくてすむものもありますが、やはり現物を見ないと具合の悪い場合もある。特に、本の書写年代の判断は年を積むにつれて進歩していくので、前に見て書いたことが果たして正しいかなと、ちょっと不安になることもありますので。

海外での調査の成果については、まとめる機会も時間もないまま今に至ってしまって、先ほど紹介した二本の論文しか書いていないのですが、特に「伊勢物語絵」については学生時代から関心を持っていましたし、安易な論がまかり通っていることに腹立たしさも感じており、やはり、このままではいけない、海外の「伊勢物語絵」を使ってぜひ論をまとめたいと思っています。

21　『新編国歌大観』の刊行

――昭和五十八年（一九七三）から角川書店『新編国歌大観』全十巻が刊行されました。これは戦後の和歌史研究の上で『私家集大成』と並ぶ重要な役割を果たしたものだと思うのですが、先生はこの編集に加わられて、実際に数多くの歌集を担当されています。このように大規模な仕事の計画がどのようにして成されたのか、また、どんな形で進められていったのかをお話しいただきたいのですが。

片桐　『新編国歌大観』が普及して、その前に『国歌大観』が存在したことを知らない人も今ではたくさんいるのではないかと思います。『国歌大観』は、松下大三郎、渡辺文雄の二人が編者となって、教文館から、明治三十四年に正編が、三十六年に続編が刊行されたもので、正編には八代集と十三代集、続編の『続国歌大観』には、三十六人集などの私家集と古今六帖などの私撰集が収められています。

この『続国歌大観』は初句と第四句しか出ていない不完全なものである上に、収録歌数も少ないのですが、和歌の資料として貴重なものであり、私達の若い時は、『国歌大観』『続国歌大観』と『国歌大系』の初句索引を併用し、さらに『新校群書類従』の初句索引をも使って歌を捜していたわけで、今から考えれば非常に不便だったわけです。『国歌大観』と『続国歌大観』はその後何回も再版されましたが、戦後は角川書店が昭和二十六年（一九五一）に再版して、私の学生時代にはこれを使っていました。

しかし、四段組の印刷の一段に和歌を収めるために字数を制限した結果、たとえば終助詞の「かも」や助動詞の「けり」に「鴨」「梟」の漢字を当てるような、とんでもない当て字が施されていたりしていて、索引としては使えても本文として使用できない。また歌数自体も少ないですから、これではいけない、やりなおそうという動きが起こったのが、はっきりは覚えていないのですが、昭和五十四、五年だったかと思います。そこで、谷山茂先生をはじめとする編集委員が編纂に取りかかりました。

まず何を選ぶかということで、はじめは、勅撰集、私撰集、私家集、この時からこの命名が定着した定数歌、そして歌合も含め全部で五巻、索引を入れると十冊ということで準備を始めました。編集委員が何度も東京に集まって、何を、また、どんな伝本を入れるかについて議論したわけなんです。

——編集委員会のメンバーは、どのような方たちでしたか。

片桐　中心になったのは谷山茂先生で、関西から島津忠夫さんと私を編集委員に加えてくださったの

『新編国歌大観』編集委員会。右より藤平春男・橋本不美男・片桐・久保田淳・有吉保の各氏。

も谷山先生でした。この時の編集委員は、私より少しだけ年少の久保田淳さんと福田秀一さん、それに私を含めた三人が一番若くて、ほかに田中裕さん、後藤重郎さん、樋口芳麻呂さん、橋本不美男さん、藤平春男さん、井上宗雄さん、有吉保さんの計十二人でした。

昭和五十八年、やっとのことで最初の『勅撰集編』が出て、そのあと一年に一巻二冊ずつ出て五年たったのですが、まだ入っていない歌集もたくさんあるし、私家集も他にたくさんある。また、一つの作品を一つの写本によっているのでどうしても異本が入らないという不満もあり、増補しようということになって、結局全部で十巻二十冊という大規模なものになりました。

今ではＣＤ－ＲＯＭのほうが便利だということでよく売れており、本の方は絶版になる可能性すらあるらしいのですが、『国歌大観』と『続国歌大観』しかなかった時代に比べると、大変な時代の移り変わりを感じます。

――『新編国歌大観』と『私家集大成』の性格の違いはどのようなところにあるのでしょうか。

片桐　『新編国歌大観』は『私家集大成』とは違って、歌を検索するために歌数の多い系統の本を優先して採っており、もとの姿を復元するとか私家集の原形を復元するとかいうのではなく、逆に膨張して出来上がった、なるべく多くの歌を含んでいる歌集の伝本が優先的に選ばれていると言えます。つまり、『私家集大成』とは性格の違うものなので、本文研究には『私家集大成』を、用例を捜すには『新編国歌大観』をというように、使い分けることが必要でしょう。

『新編国歌大観』の場合、そのまま翻刻した『私家集大成』とは違って本文を整えているので、たとえば、歴史的仮名遣いの決定一つにもそこに解釈がかかわるわけですから、『私家集大成』の場合とは違った意味での学力、特に解釈力が担当者に問われることになりました。

第一巻の勅撰集のところに、なぜこのような本の出版を必要としたのかについての序文を「新編国歌大観編集委員会」の名で出していますが、ここは本来委員会の代表者である谷山先生がお書きになる場所なのですが、「お前、書け」と命じられて私が書いたものです。この序文で最初に私が使い、以後定着した言葉に「古典和歌」と「歌ことば」とがあります。たとえば「古典和歌の研究」と言うように使われたり、「歌ことば」と「ことば」を平仮名で書くのも私が始めたのですが、最近あちらこちらで使われるようになってきました。

——編集の際、どのようなことが論議されたのでしょうか。

片桐　編集に際して何を収めるかということが勿論一番の論議だったわけですが、やはり大きな、そして忘れられない論議となったことに、『萬葉集』の歌番号の問題があります。『萬葉集』は、もとの『国歌大観』の歌番号が通行しているのですが、前の『国歌大観』の歌番号には実は抜けているものがたくさんある。底本になった寛永版本に改行していなかったからそのまま一首扱いしていないもの、たとえば『百人一首』にも入って有名な「あしひきの山鳥の尾のしだり尾のながながし夜をひとりかも寝む」の歌のように、「或本の歌に曰く」として掲げられているので歌番号が付いていないもの、そのような場合がたくさんあります。旧『国歌大観』において番号がなかった多くの歌にも番号をつけるのだから全体を新番号で統一すべきだ、というのが谷山先生のお考えでした。

しかし、そのような意見に対し、今までほとんどすべての研究者が使っていた、いわば戸籍登録されている番号が急に変わってしまうのは具合が悪い、特に萬葉学者は番号だけ言って通じる世界にいるので、そのまま旧番号によるべきだという意見も強くありました。この二つの意見に大きく分かれてしまって、何回か論争したのですが意見がまとまらず、結局、新番号と旧番号を並列させることになりました。

――そうですか。そんな議論があったのですか。

片桐　その他にも、旧『国歌大観』の『玉葉集』は歌が脱落したまま番号が付いてしまっており、新番号とはまったく変わってしまうということで、この場合も旧番号と新番号とを併記しています。

『後撰集』の場合は一首抜けているだけなので、一番しか違いませんから新番号だけにしていますが、『萬葉集』をはじめとするいくつかの作品では、新番号と旧番号を並列させるというようなしんどい思いをしました。

後から出た第十巻には、『古今集』『伊勢物語』『源氏物語』等の注釈書に引かれている和歌を取りあげました。そういうものにはあやしげな注釈書がたくさんありますけれども、そこに引用されている歌というのは結構意味を持ち、後の時代に影響を与えているのであえてここに収めてみたのですが、どの注釈書も同じ歌を引いていますから、それらを整理し番号を付けて、何々の注釈書にある、何々の注釈書にも同じ歌があるということを示したことは、和歌の享受史や研究史の研究に大きな役割を果たしたと思っています。

しかし、最近、学生や若い研究者の論文や口頭発表に、「注釈書和歌の例を挙げれば……」とか「注釈書和歌にはこうなっている」というような引用がしばしばあるけれども、『新編国歌大観』には色々な注釈書から和歌を引いて「注釈書和歌」としてまとめてあるのであって、『注釈書和歌』という作品があるかのように、『萬葉集』と並べて引用したりしているのには驚きます。

また、CD－ROMの普及自体はいいけれども、その歌が、どういう形で選ばれているのか、どのように配列されているのかという全体の構成がわからないような間違った利用の仕方や、ただデータさえ出せばいいというような風潮が出てきています。該当するところだけを引くような利用の仕方は、作品を始めからずうっと見ていく姿勢、作品全体を眺めた上で部分を洞察する努力を失わせてしまうことになると思うのです。今の若い研究者の驚くばかりの解釈力欠如は、そのせいだと思うのです。

22 鉄心斎文庫と『鉄心斎文庫伊勢物語古注釈叢刊』

――先生は、昭和六十三年（一九八八）から『鉄心斎文庫伊勢物語古注釈叢刊』を計画編集され、解題も書かれました。そこで、鉄心斎文庫のいわれと文庫の性格、『古注釈叢刊』において先生が意図されたもの、また、一緒に解題を担当された方々のことなどをお話しいただけますでしょうか。

片桐　鉄心斎文庫は三和鉄軌（現在は三和テッキ）株式会社の社長である芦澤新二さんが収集されたもので、「鉄心斎」の名は、会社で作っている鉄道の架線の「鉄芯」を掛け、また、文庫の書庫を鉄筋で建てたことをも掛けて名をつけたということです。

芦澤さんはそもそも山梨県のお生まれで、実家が代々名主の旧家で家に百姓文書がたくさんあり、それをなんとか読みたいと思って変体仮名なども勉強されていたらしい。明治大学を卒業されたのですが、在学中に同じ文芸部の女性と文芸活動を通じて恋愛され、結婚された。これが奥さんの美佐子さんで、美佐子さんが三和鉄軌社長のひとり娘であったために、すでに内定していた某大新聞社への就職を断って、芦澤さんは一社員として三和鉄軌に入社し、やがて社長を継がれたわけです。

この芦澤さんという方は大変な才人で、頭もいいし行動力もある。そんな人物なのですが、敗戦後、本郷の古本屋で、山と積まれた版本を見つけられた。これがいくらだったのか確かな値段はご本人も忘れておられて、聞くたびに値段が違うのですが、ともかくびっくりするほどの安さで購入し、紐でくくったまま持ち帰ったところ、ほとんどが『伊勢物語』だった。芦澤さんは旧制中学の時代に「東下り」の段を教科書で習って感激し、有朋堂文庫の『伊勢物語』を古本屋で買って読んだというくらいの『伊勢物語』のファンだったので、大喜びで手に入れた版本を何回も繰り返し読まれ、それから『伊勢物語』の収集が始まったというわけです。

間もなく奥さんも『伊勢物語』のファンになられ、夫婦で買い求めるようになり、最初は安いものを買っておられたようですが、次第に東京古典会とか、その頃あった三都古典会で、入札による競売を行っていたのですが、そんなところへ夫婦で出掛けて行かれるようになったということです。三和鉄軌は鉄道の架線を作っていた会社ですが、当時、蒸気機関車がまたたく間に電化されていった時代で、電化にともなう架線の生産で会社の景気もよかったのでしょう、重要文化財クラスを含め、多くの写本や版本、あるいは注釈書の写本、版本を次々に購入して、それはもう大変な蔵書です。

——その鉄心斎文庫の本を先生がご調査されるようになったきっかけは？

片桐　私もそのような古典会に出入りしているうちに、東京のある会社の社長が『伊勢物語』に関するものを片端から買っていくということを聞いて、職務上の秘密を漏らすわけにはいかないと渋る思文閣からやっとのことで名前と住所を聞き出し、手紙を出して閲覧をお願いしました。最初は渋っておられたのですが、やっとお許しが出て訪問することになりました。

――他に鉄心斎文庫の本を御覧になっている方は？

片桐　山田清市さんは、私より少し年長の亜細亜大学の先生で、その学説に対しては私は従えないことが多いのですが、非常な勉強家であり努力家であって、日本中で『伊勢物語』の写本を一番多くご覧になっている。この人が私より少し後に芦澤氏に手紙を出されたのですが、地の利で私より一ケ月ほど先に芦澤さんを訪問されていたので、鉄心斎文庫の門を一番最初に叩いた研究者は山田清市さんということになります。通具本『伊勢物語』は、厳密に言うと通具本を校合したとの奥書があるだけで、善本は善本だけれども「通具本」と呼ぶのはふさわしくないと私は思っているのですが、山田さんは鉄心斎文庫の通具本『伊勢物語』を複製本として解題を書き、鉄心斎文庫の出版物として築地書館から出版されました。そこで、はじめて鉄心斎文庫が世間に覆面を脱いだということなんです。

こっそりと『伊勢物語』を楽しみたいので安易に本を見せたくないという芦澤さんのお気持ちもよくわかるので、鉄心斎文庫のことをあまり人に言わないようにしていたのですが、山本登朗さんなどは私とは別のルートから紹介してもらって門を叩き、その後、ずっと鉄心斎文庫の仕事に尽力しています。

――『古注釈叢刊』はどういったメンバーでされたのですか。

片桐　鉄心斎文庫の『伊勢物語』は、質は天理図書館の方が上ですが、量から言うと版本も写本も日本一、ということは世界一ということなんです。芦澤さんは山田清市さんによって通具本を複製本として出したので、片桐にも何か出させてやらねばいけないと思われたのでしょうか、何かいい本があれば出版してみませんかとお声がかかりました。

御存じのように、私は昔から古注釈に深い関心を持っていましたので、古注釈をまとめて影印本で出そうということになりました。しかし、一人でやるよりもこの機会に注釈書を研究している人と一緒にということで、山本登朗さんと青木賜鶴子さんを含めた三人で分担し、私が紹介して大津有一さんの『伊勢物語古註釈の研究　増補版』を出した八木書店から、しっかりした立派な装丁の『鉄心斎文庫伊勢物語古注釈叢刊』全八巻を出すことができました。

影印にするにあたっては、多くの注釈書の中から厳選の上に厳選を重ね、これを出せば『伊勢物語』の研究史や注釈史が変わるというようなものを選びましたが、もう少し範囲を広げれば出したいものがまだまだある。また、さらに新しいものも買っておられるので、続刊としてあと何冊か出したい。その際には売り切れた前の分も同時に復刊したいと思っていたのですが、近く続刊として六冊を出すことになりました。前の片桐、山本、青木のほか、西田正宏さんと鈴木健一さんにも加わっていただき、江戸時代の注釈書の善本をも含めました。

　余談ですけれども、阪神大震災の時、拙宅もかなり被害を受けたのですが、本棚から本が飛び交って落ち、膝より高く積み上がってしまいました。それを本棚に戻して並べ替えるのに、関西大学の大学院生だった小倉嘉夫君と石田清志君の二人の協力を得たのですが、それでも五月の連休までかかりました。和本は大丈夫だったのですが、ともかく悪い装丁の本は一頁ずつバラバラになってしまった。ところが岩波書店の古典大系や八木書店のこの『鉄心斎文庫伊勢物語古注釈叢刊』などはまったくなんともなかったということで、本の装丁が本にとっていかに重要であるかを、この時改めて確認しました。

――なるほど、そうですね。

片桐　『古注釈叢刊』の刊行が開始されてまもなく、芦澤さんは癌で死去されてしまいました。芝の増上寺で行われた葬儀には非常に多くの人が参列し、控え室で私は金丸信氏と一緒で話もしましたが、芦澤さんの人脈の広さと社会的地位を窺わせるものでした。また、中国貿易が正式に認められていない時代から中国の鉄道状況が遅れているということで中国との関係にも力を入れ、中国人を家であずかって一緒に生活し育てて横浜国大にも行かせるというような社会的活動もされていた方でした。

　芦澤さんの没後、鉄心斎文庫を財団法人にする話もありましたが、やはり個人蔵のまま奥様の美佐子さんがご主人の跡を継ぎ、今も積極的に本を収集されています。この前も『伊勢物語知顕集』のすばらしい本を入札で購入されました。私も入札したのですが、及びませんでした。『伊勢物語知顕集』には、私が書陵部本系と名付けた鎌倉時代の写本と、従来群書類従本系と呼ばれている写本—私は島原市松平文庫本系と呼びかえているのですけれども—とがありますが、後者の系統にはよい本がありません。今回購入された本は、今まで知られている本に比べて、はるかにしっかりした善本です。早速『鉄心斎文庫伊勢物語古注釈叢刊』の続刊第一巻に収めさせていただくことになりました。

いずれにしても、『鉄心斎文庫伊勢物語古注釈叢刊』を離れて、今後、『伊勢物語』の注釈史研究はできないということは、はっきり言えます。

——鉄心斎文庫の展示館についてお話願えませんでしょうか。

片桐　芦澤新二さんの没後、奥様は、鉄心斎文庫の伊勢物語を展観できるような場所を作って多くの人に見てもらいたいとのことで、小田原郊外にある奥様のご実家に展観場所を作られました。はじめ、「伊勢物語資料館」という名を予定されていたのですが、もっと伊勢物語の華のような美しさ、文章の素晴しさを知らしめる名にすべきだと私が主張して、「鉄心斎文庫伊勢物語文華館」という名を付けていただきました。以後、年に二回、春と秋に展観し、春秋の二冊図録を出して、今十九冊目です。図録の解説や展示物の解題も最初は私が書きましたが、その後は山本登朗さんがほとんどを引き受けて書いています。一つ一つ解題を書くのは大変な仕事で、今や鉄心斎文庫の本を一番よく知っているのは、間違いなく山本登朗さんです。

ということで、鉄心斎文庫と『鉄心斎文庫伊勢物語古注釈叢刊』の意味や意義を、大略理解していただいたかと思います。春秋の展観を一度見に行ってほしいものです。

23　『八雲御抄の研究』の刊行

――先生は平成四年（一九九二）に『八雲御抄の研究』を出されていますが、数ある平安・中世の歌学書の中で、この『八雲御抄』をとりあげられたのは何かお考えがあってのことなのでしょうか。

片桐　『八雲御抄』に関心を持っていたのは、まず、勅撰集の作者名の書き方をめぐってです。たとえば、勅撰集の作者名表記は、「紀貫之」と最初に作者名表記されたのが、二回め以降は「貫之」になる、というようなことを『八雲御抄』は書いているのですが、『古今集』をはじめとする勅撰集を実際に見てみると、必ずしもそうはなっていない。奥村恒哉さんなんかは、なるべくその線で『古今集』の本文を整理しようとなさっていた感じがしますが、やはりそれは無理があって、具合悪いのではないかと思います。『八雲御抄』がそう言っている理由がどこにあるかということに疑問を持ち続けていたのです。それから、もう一つは、やはり、歌枕をも含めた歌語というものを集大成しているということです。これをやっておけば、平安朝の和歌の歌ことばは、一望の下に確認できるのではな

八雲御抄研究会の佐渡旅行（1998年）。温泉上がりの略装にて。右より三木麻子・阪口和子・吉田薫、一人おいて青木賜鶴子・中周子。

いか、こういうふうに思いました。そして特に後の方の関心から、枝葉部・言語部という、ことばに関した巻から研究し、その成果を刊行したのです。

——『八雲御抄の研究』の出版に向けて、まず研究会を作られたそうですね。

片桐　昭和五十一・五十二年、私個人で文部省科学研究費補助金というのを、かなりの金額いただきました。それを使って、全国にある『八雲御抄』伝本の写真撮影—概して写真屋さんに撮っていただいたものですが—をして、資料を集めました。その後、大阪女子大学に、修士課程のみですが、大学院が出来たときに、大学院としては伝統がないものですから、以前に卒業して、他大学の大学院で勉強した人たちとの交流の場を考えた方がいいのではないか、と思ったのです。そこで、阪口和子さんとか吉田薫さんとかに声をかけて研究会を始めたというわけです。

阪口さんは大阪女子大を卒業して後、助手として二年間勤めながら、やはりもっと勉強したいというので大阪市大の大学院に行き、修士課程を出たときに羽衣学園短大に就職があったので、博士課程に上がらなかった人です。一方の吉田さんは大阪女子大を出て奈良女子大の修士課程に進み、その後、奈良女子大に博士課程が無かったものですから、関西大の博士課程に入る、というふうに、おかしな言い方ですが、学風の異なる大学をあちらこちら渡り歩いてこられていますが、一貫して歌学・歌語の研究をしておられます。その他に国語学の神谷かをるさんなどにも先輩として参加してもらい、そこへ大学院に入ってきた国文の人たちが集まって、月に一回の研究会を始めました。その後、忙しくてやめた人や新しく加わった人もいて、「昭和五十六年以来十年の歳月をかけた画期的研究」―と、これはまあ、宣伝文なんですけれども―という形でまとまったわけです。

――刊行されたのはたしか平成四年二月ですね。

片桐　はい。平成三年度の科学研究費出版助成金をもらって、和泉書院から刊行しました。

――刊行当初の状況や、これからの展望など、お教えいただきたいのですが。

片桐　刊行した平成三年度の段階では、私以外に十五人が分担

佐渡の順徳天皇行在所跡。

して執筆しています。研究史に残る仕事だと自負していますが、三万八千百十円という高い値段で、そんなに売れ行きは期待できないので、三百部の限定出版ということになっています。刊行されたのが、先ほども触れましたように平成四年の二月。そのとき私は大阪女子大学の学長だったのですが、私自身はプロデューサーの仕事をしているだけで、実際に研究し、執筆したのは担当した人たちです。

研究会はその後も続いて二〇〇一年に『八雲御抄の研究　正義部・作法部』が出ました。和歌行事の記録や和歌資料の記録の部分で、歴史的資料との関係を問われる厄介な箇所で大変ですが、皆さんの努力によって刊行することができました。江戸時代になりましても『八雲御抄』にのっかって書かれている歌書は非常にたくさんありまして、後代への影響の大きさに関しては他に比べるものがないと思います。そういう面でも、歌学史の根本資料と言えますので刊行の意義は大きいと思います。

24　『冷泉家時雨亭叢書』にかかわって

――先生は『冷泉家時雨亭叢書』の編集にかかわられ、『叢書』は現在、第四期の半ば、ちょうど全体の半分ぐらいまで来たところですが、今まで出たものについて見ても、戦後の天理の『善本叢書』、あるいは『陽明叢書』よりもさらに質の高い影印本であると思われます。そこで、この叢書の意義、また、先生御自身が担当された、『古今集』や『伊勢物語』、平安私家集についての印象や感想についてお話しいただきたいのですが。

片桐　冷泉家に個人財産として伝わってきた典籍類を財団法人として保存し伝えようと決定したのは昭和五十五年のことですが、これには大変な基金が必要で、朝日新聞社をはじめいろんな所からの寄付を基金にして財団法人化しました。財団法人にすると本を公開しなければならないのですが、文化財でありお宝である本を人々に閲覧させることは困難ですので、図書館として公開するのではなく、影印叢書として公開するという形をとることになり、当初は平安博物館の角田文衛博士が関与しておられたのですが、後に国文関係は谷山茂先生を中心に、歴史関係については小葉田淳先生と冷泉貴美子さんの恩師でもある林屋辰三郎先生を中心に計画を進めることになりました。昭和六十三年（一九八八）、この三人の先生方を中心に編集委員会が結成され、その委員会に私も選ばれて加わることになったのです。編集委員会では、まず下調査が大切ということになりましたが、京大や阪大の大学院の学生がこれにあたり、同時に編集委員会がこの下調査の原稿を見直していくという形で調査を進め、平成元年（一九八九）七月に全体の計画が作られ、五期十年、全六十巻の予定で刊行することになって、古美術品を撮らせたら日本一の便利堂による撮影も開始されました。

それから三年後の平成四年に『古来風躰抄』の俊成自筆本から配本が始まり、以後、だいたい一カ月おきに刊行しています。私は『古今和歌集』『伊勢物語・伊勢物語愚見抄』を担当したほか、『平安私家集』の一から八の八冊を田中登さんと共著の形で担当しました。冷泉家の素晴らしい本の中でも定家自筆の嘉禄本『古今和歌集』は、国宝であり宝物中の宝物です。定家自筆であることも価値あることですけれども、そもそも『古今集』は日本の歌学の根源ですから、私は大変なものを担当できたと喜んでいます。平安私家集については、室町期以降に書写されたものは原則として取り上げず、かなり厳選しました。八百年の歴史をもって冷泉家に伝わってきたものを研究し公開するという世紀の大事業に関係できたことは、幸せなことだとしか言いようがありません。

前にも触れましたように、私の解題は詳しすぎるといつも編集主任の上野さんから叱られているのですが、これは世紀の大事業であり、自分の命もいつまでもある訳ではないのだから、できる限りのことをやっておかねばならないと思うと、ついつい詳しくなってしまうのです。というわけで、今も、叱られながら解題を書いています。

25　大阪女子大学の学長をつとめて

――先生は三十年あまり大阪女子大に勤められたわけですが、その最後に四年間学長を務められました。お忙しかったことと思いますが、学長在任の間もかなりの研究成果を発表されていますね。

片桐　学長時代のことをまとめて書いた『もとのねざし』という和泉書院から出した本を久しぶりに読んでみましたら、自分で言うのもおかしいのですが、なかなか面白い。国文学関係のこともわりあい載せていまして、田中登さんの「『須磨寺古筆手鑑』の誕生を喜ぶ」という文も出ている。『もとのねざし』を参照していただければわかりますが、このような書評や推薦文も入っています。私自身が学長期間中に書いた学問的な著書としましては、その前から準備はしてあったのですが、『伊勢物語の新研究』があげられます。『伊勢物語の研究』の方が、資料編もついていますし、有名になっていて、実際、売れ行きも良いのですが、私としては『新研究』の方が、ずっといいと思っています。古本屋でも、『新研究』は重版されていませんので値段が高いのですが、『研究』に比べると円熟してきているなと自分でも思います。『研究』の方は、若かったので肩をいからせている感じで、今読むと恥ずかしい気もします。

――学長をされながらも、ほかにたくさんの御著書を出されていますが。

片桐　はい。学研ムックの『伊勢物語』、日本文学研究大成の『竹取物語・伊勢物語』を昭和六十三年に出しています。その他、一番大きな仕事としては岩波の新日本古典文学大系『後撰和歌集』です。これは、平成二年、学長をやめる一年前のものです。同じ平成二年に新潮古典文学アルバム『伊勢物語・土佐日記』を、そして平成三年には『在原業平・小野小町（日本の作家）』を出しています。また、『鉄心斎文庫伊勢物語古注釈叢刊』全八冊は、山本登朗さんと青木賜鶴子さんと私の三人での仕事で

ます。すが、私は一・二だけ担当しまして、昭和六十三年（一九八八）と平成元年（一九八九）に出してい

——御論文の方はいかがですか。

片桐　論文も十数篇書いていますが、自信のあるものとしては、昭和六十三年、岩波書店の『文学』二月号に書いた「『逢坂越えぬ権中納言』の根合歌三首」があります。現在の平安文学研究は細分化されているせいもありまして、特に平安後期の物語をやっている人のほとんどは、和歌のことなんか何も知らない。ましてや歌合のことなんか何もわからない。そういう知識があれば簡単にわかることを、とんでもない誤った解釈をしている。根合歌三首についても同様で、詠んだ作者までも間違っている。それを、歌合・根合の正しいあり方を見ることによって、明快に説明できる、とかねがね思っていたのです。

ほかに、天理図書館の『ビブリア』という雑誌に平成二年「定家最晩年の古今集書写—嘉禎元年十一月書写本をめぐって—」の題で書いています。嘉禎元年本は、現在知られている定家本の中で一番新しいものです。浅田徹君なんかは、奥書が定家風でないと言って否定しているのですが、これは家に残す本として書いているのではないので、違っていても別におかしくはない。その奥書に書かれている内容を『明月記』と照らし合わせるとぴったりと合致しますので、この奥書は定家以外には書けないと私は思っています。今度、関大図書館で買ってもらった『古今集』は、関大の『国文学』に書

きましたように、最も初期の定家本でして、そういう面で、定家本の最初から最後までとりあげてみましたので、定家本『古今集』の展開がわかるのではないか、と思っています。

その他、『萬葉』一二六号所載で萬葉学会の講演をまとめた「中世萬葉擬歌とその周辺」や、大阪女子大の『百舌鳥国文』七号に書いた「定家本を超えて―伊勢物語の成立に関する臆見二題―」。これらも自分で言うのもおかしいのですが、忙しい学長の仕事をしながら書いたものですが、いい論文だと思っています。

――大学院の演習や、留学生に対する授業などもなさっていたとお聞きしましたが。

片桐　先ほども言いましたように、学長は四年務めましたが、その間、学長業だけしていたわけではなく、学問の世界のこともいろいろやっていました。忙しいから出来ない、というのは私はあまり認めないので、忙しい方がかえって緊張感があって出来るのではないかとかねがね思っているものですから、学長という責任は重いのですが、小さな時間をうまく使えば、研究の方もある程度は出来ました。講義の方も、大学院の演習だけ、最初の一年間は担当しました。学長室で演習していたので、学生さんにとっても変わった経験だったのではないでしょうか。

それから、留学生に日本語を教える授業も一年間だけ行いました。当時大阪府は「スクラップアンドビルド」といって、何かを減らすことによって新しいものを認める、という方針で、なかなか新設が認められなかった。専任の先生がやれるはずだというわけです。ゴタゴタ言っていても時間がかかるだけですので、一年だけ私がやって、翌年から非常勤講師の予算をもらいました。いわゆる日本語教育的な日本語ではないのですが、面白いと言って非常に喜ばれまして、台湾の学生が中心だったのですが、現在でも台湾からいろいろと物を贈ってくれるような関係も続いています。

――ところで、先生が学長を引き受けられたときは、どのようなお気持ちだったのでしょうか。

片桐　大阪女子大にはたくさんの有名な学者がおられました。たとえば、過去には『新講和歌史』の著者の児山信一さん。そして石山徹郎さん。石山さんは、その時代の新しい文芸学を目指しておられた革新的な学者で、近代文学中心ですが、実証的な面をも持ち合わせておられた方です。すでに私が勤めた頃には亡くなっておられたのですが、名前だけは存じ上げていました。ほかに、風巻景次郎さんもわずかな間ですが勤められていました。また、この方も当時すでに亡くなっておられましたが、俳諧の学者である山崎喜好さん。それから、玉上琢彌先生、大谷篤蔵さん、渡辺実さんなど、非常に優秀な方々がおられた大学でしたので、私も誇りを持って勤めていたわけです。また、学生も非常に優秀であると思っていましたし、学長を依頼された時も、何とかお役に立てたらという気持ちが強く、断ろうという気持ちは全くなかった。誰かがやらないといけないことですし、それに、大阪女子大学が重大な時期にさしかかっている、ということもはっきり認識していましたし。

――重大な時期、といいますと……。

片桐　それは、大学そのものがマスコミなどにとりあげられるようになり、世間の注目を浴びるようになってきた、ということです。ひっそりやっていたらいい、というものではなくなってくる。そういう中では大きい大学ほど注目を浴びやすく、小さな大学は話題にもならないのです。それに、もっと大事なことは、大学としていろいろなことをしようとしたときに、小さすぎてうまくいかない、ということです。外国と姉妹校を作るといっても女子だけしか入れない、というのでは話になりませんし。しかも、大学院に博士課程がない。海外の姉妹校というのはやはり学問をするために作るもので、アメリカ・中国・韓国などでは博士号が学問するということへのパスポートですから、博士課程まで備わっていないと相手にされません。

一方、私が勤めた昭和三十四年頃は、男なら東大、京大に行かせるのだけれども、女だから大阪女子大に行きなさい、と親に言われて、本人もその気になって入学したという人が圧倒的に多く、学生のプライドも高かったし、やる気もあった。ところが、だんだんと親世代も男女共学を経験した時代になると、女子大へ行きなさいと言わなくなる。そこで、本人が自分で選んで入学する、となると、やはり情報発信力を持っていない小さな大学というのはしんどくなるのです。また、学生文化の盛り上がりにも欠けてくるので、入学しても、あまり面白くない、というふうになってくる。もちろん大学は学問をするところなのですが、それだけでは一般の人を惹きつけられないので、何かプラスアルファが必要となってくるのです。そういう面から、率直に言うと、非常に苦しい状況だと私は思っていたわけです。

――「女子だけ」であることが、やはり大きな問題だったのでしょうか。

片桐　そうです。しかし、それを口にすることは難しいことでした。タブー視されていました。卒業生の発言・要望もありますし。大阪女子大の学生はとても真面目なので、教えやすいという面では日本一だと言えるぐらいですが、そうすると、教える側にとっては、居心地がいい、楽だ、勤めやすい、そういうことで、先生方もそれ以上のことを考えようとしなくなる。中にずっといると、世間がどう思っているかということがわからなくなってくるのですが、この問題については改めて考えなくてはならない時期だとは思っていました。

――そんな中で先生は具体的にはどのようなことをされたのでしょうか。

片桐　私はやはり、学問の府として、博士課程まで作らないといけない、作って初めて他大学との交流や国際交流も出来る、と考えました。修士課程自体も私が作ったようなものですが、その時でさえも反対があった。文部省の審査も今よりずっと厳しかったので、大学院担当にふさわしい教授として文部省の委員会で認定されるかどうかを危惧する人たちが、どうしても消極的反対にまわってしまうのです。まして、博士課程となると、その任に堪える人はさらに限られてきます。一方、ちょうどそのころ大阪府大の総合科学部も博士課程を作ろうとしていまして、博士課程だけを大阪女子大と大阪府大との連合大学院にするのはどうかということを考えました。そうすれば、少なくとも学部の方は大阪女子大のままで伝統を守っていけますし、卒業生や先生方の意向にも合うのではないかと考えたのです。大阪府も共学にすべきだとしていましたので、そちらもうまく利用して、と隠密行動を起こしたのですが、喜んでしまった大阪府大の上層部から計画が洩れて、私はやめざるをえない、ということになってしまいました。

それ以前のことになりますが、私は、「女子だけ」という特徴をいかにうまく出していくかを考えて、大阪女子大に「応用数学科」を作りました。共学の大学にあっても女性が入りにくそうな数学をあえて専門にすることが女子大の存立意義につながる、そのために今の時代にふさわしくコンピュータを使う応用的な数学科を作ろうと考えたのですが、これは私の学長としての功績の最たるものだと自負しています。しかしこれも、先生方から大変な反対があって、「学問のための学問をするのが大学の務めなのに、応用とは何か」などと叱られながらやっていたのですが、今の時代になってみると、自分たちが反対したことも忘れて、「応用数学科」では物足りない、「情報数学科」という名にすべきではなかったか、と言っている人さえいるのですから、何をかいわんやという気持ちです。連合大学院の方も出来ていれば、今頃は心底から感謝されていたと思います。

――応用数学科の新設はすべて先生お一人で実行なさったと伺っていますが。

片桐　そうです。こういうことは先生方に相談していると絶対にできないので、ある程度は独断でやりました。しかし、やれるというめどがついた時にはその案を教授会に出して批判を乞うのは当然です。しかし、最初から、つまり白紙で相談すべきだと叱られるのです。私は学長を経験して、いわゆる戦後民主主義に批判的になりました。みんな平等にものを言うのはいいことですが、その発言に責任を持たないわけです。今は、日本の社会全体にそのような反省が出てきていますが、私はこの頃から考えていました。こんな無責任体制では発展はあり得ません。特に大学の先生というのは非常識で無責任だと、学長をしていて実感した次第です。最近、大阪府立大学への吸収がほぼ決定的になりつつあるように聞いていますが、あの時、もう少し私の意見を聞いておいてくれれば、今日の憂き目は見なくてよかったのではないかと思います。

26 関西大学赴任

――先生は大阪女子大の学長の任期を終えられた後、関西大学に赴任されたわけですが、そのあたりの経緯など、差し支えのない範囲でお教えください。

片桐 大阪女子大の次の学長が選ばれた、と新聞に出た時点で、二つの大学から電話がかかってきたのですが、どちらも学長職でしたのでお断りしました。一方、大阪府の方からも、責任を感じてか、府の文化行政に直接かかわるポストに就くようにとの依頼がありました。とにかく大阪府の依頼ですので、その場で断るわけにもいかず、どうしようかと思っているときに、清水好子さんから電話がかかってきたのです。

――関西大学へ先生が赴任されることになったきっかけですね。

片桐　清水さんは私とちょうど十歳違いなのですが、「私はあと一年で関西大学を定年になるので、平安文学を専攻している人をこの前からずっと探しています。学科の中でも、いろいろ候補を出してくる人がいるのですが、あまり気に入らなくて。あなたが来てくれるなら是非お願いしたい」などとおっしゃるのです。「とにかく話を聞いてほしい」と言われるので、京都四条の喫茶店でデートしまして、清水さんがウィンナコーヒー、私は普通のコーヒーを飲んで、いろいろとお話しました。それがとにかく、ものすごくいいことばかりおっしゃる。担当コマ数が少ない、教授会もほとんどない、と。ほとんどないって、ご自分が出ないだけで、本当はあるのですが。とにかく勉強だけしていればいいんだ、とおっしゃる。それでは少し考えて、と思ったのですが、何しろ「長」がついていない立場で「来てほしい」と言われたのは初めてですし、関大と言えば伝統もありますし、立派な先生もおられるので、これはいいと思い、二、三日後に「それでは行かせていただきます」と返事をしたわけです。後で、清水さんの背後には谷澤永一さんなど、多くの先生方が応援しておられるのを知りましたが……。

――五月の末に学長を退職なさって、関大に赴任されたのが十月ですね。

片桐　関大は四月と十月に採用の人事をしていますので、四カ月ほどどこにも所属していなかったのですが、学会で質問すると、勤務校を言うのがきまりだから言ってくれ、と言われて、一人の学者として質問したらいけないのかと腹を立てていたことも覚えています。前にも言いましたように、私は忙しかったらよくやるのですが、暇だったら何もしないので、その四カ月間何をしていたか、ほとんど記憶にないのです。

——そうして十月一日から関大に赴任されたのですが、最初の印象はいかがでしたか。

片桐　まず驚いたのは、学生が多いことです。どんな時間に来ても、駅から大学に来るまで学生がいっぱいなのでびっくりしました。大阪女子大の時は、出版社の人なんかが来られた時、「先生、休みの日なのにわざわざすみません」などと言われるほど、普段、授業がある日も学生の姿がほとんど見あたらない、という生活をしていましたので。それから、年度の途中から来ましたので、無理に担当科目を作ってもらったという感じで、二年生の「国文学史概論」を受け持ったのですが、そのザワザワとした雰囲気にびっくりしました。特に国文学科以外の学生が出ているクラスではひどかったので、いつも叱りつけていました。

ところが初めて、教授会に出ましたら、なんと教授会が学生と同じ程度にザワザワしている。とにかく、あちらこちらに移動して、普段会わない人同士の情報交換の場になっているのです。その中で学部長が勝手にマイクでしゃべっている、という感じで、これもまた驚きました。教授会の歓迎会の時に「学生のうるさいのもかなわんけれど、教授会のうるさいのもかないませんな。これが第一の印象です」と申し上げたところ、みなさんびっくりしておられました。学長経験者がこんなにずけずけ言うとは思っておられなかったのでしょう。

――関大に来られてからも、先生はいろいろな制度の改革をなさっていますね。

片桐　最初、大学院の文学研究科長を二年間務めまして、その時は着任して何年も経っていませんので、何もわからないままやらせていただいていたのです。その罪滅ぼしというわけでもないのですが、その後、大学院文学研究科の国文科の委員をして、文学研究科全体の改革をしてきました。私が来たときは、外国語の先生が決めた最低点をクリヤーしていなければ、専門科目がどんなに優秀でも大学院に入れなかったのですが、それを改めましたし、博士後期課程は外国語の試験が二カ国語あったのですが、一カ国語を、古文書という名称で、写本解読に代えられることにしました。史学科では早くからやっていたのですが、国文科ではのんびりしている先生が多かったので、気にもしていなかったのです。その後、面接だけで博士後期課程の社会人入学を認める制度も導入しましたし、博士号についても、その取得の制度をいろいろと変えてきました。

――関大では博士課程の学位を今までほとんど出して来なかったようですね。

片桐　そうです。筑波大学なんかは千人を超えているというのに、関大ではまだ一桁。ある種の権威主義が非常に強いのです。現在の博士号というのは、文部省の規定を見ましても「その道で研究者としてやっていける人」とあります。ちょうど海外旅行をする時のパスポートのようなもので、昔のように、学問の蘊奥を極めた学者の終着点ではないのだというふうに頭を切り換える必要があると機会あるごとに説き続けました。最近、国文学科の中で博士号を取る人も増えて来つつありますが、せっかく博士後期課程まであるのですから、大いに勉強して、有効に学位の制度を使ってもらいたいと思っています。

――先生御自身も関大赴任後に博士号を取得なさっていますね。

片桐　京大の大学紛争の時代に言われていた「学位とは何か」という問題と関連しまして、私は博士号を大学の権威主義的病害の最たるものだと思っていました。別に博士号を持っていたからといって給料が上がるわけでもなく、教授になれるわけでもない。一世代前の研究者にとっては、博士号を取るというのは本当に命がけの仕事と思われていました。本人が命がけなのはよいのですが、コピーのない時代なので、論文の清書を手伝ったお弟子さんが失明一歩前の状態になったというような事例も知っております。そのような実体も目のあたりにしていたこともありましたので、私自身は博士号をとる気持ちは全くなかったのです。私の恩師の野間光辰先生は、近世文学、特に西鶴研究の最高権威でしたが、「俺に学位を与えられるような学者は日本中にいない」といつもおっしゃっておられたので、私自身もその真似をして、「わしに学位を与えられるような平安文学研究者は日本にはいない」と言っておりました。

ところが、関大に来たときに、ちょうど私と入れ違いに退職された谷澤永一さんが、私に「とにかくすぐに学位を取ってほしい」と言われた。「世間に関大を立派な大学として認めさせるためには、やはり博士号を出していかなければならない。そうすると、博士号を出せる人が必要なので、まずあなたが取って、関大の若い人にどんどん学位を与えてほしい」と言われまして、なるほど、と思ったのです。そこで、清水好子さんに主査になっていただいて、副査として、『萬葉集』の権威である木下正俊さん、仏教史では日本有数の学者である史学科の薗田香融さん、それから六朝の漢詩研究の大家である中国文学の伊藤正文さんにお願いし、そういう方たちにやっていただくなら、まあ博士になってもいいか、と思いまして、私は一旦決めたら行動は早いので、即座に『古今和歌集の研究』を出版して、博士論文にしたのです。

——先生が関大の国文学科に来られて、一番よかったと思われていることは何ですか。

片桐　思い出はまだ早いのですが、それは広瀬本『萬葉集』に出会ったことです。関大の昔の学長さんで、広瀬捨三さんという人が、大変本好きな方で、倉庫みたいになっている家に、山のように本が積まれているそうですが、その広瀬さんが中尾松泉堂で買われた『萬葉集』です。いわゆる仙覚系統の普通の『萬葉集』と全然本文が違うというので注目されたわけですが、これを最初にとりあげたのが、関大の『萬葉集』の先生である木下正俊さんと神堀忍さんです。木下さんは、文法を通じて『萬葉集』の訓読を研究しておられ、国語学者でありかつ萬葉学者でもある方で、一方の神堀さんは、ある段階まで大伴家持などの歌人研究をなさっていたのですが、最近は主として書誌学的な研究をされています。このお二人が協力して、広瀬本『萬葉集』を世に出したわけです。

私が勤めてまもなくの頃、教授会でお二人が私の隣に座って広瀬本『萬葉集』の奥書を一所懸命に見ておられるので、私もちらっと見たら、なんと定家が『拾遺愚草』などに書いているのと同じ花押が書かれている。そこでお二人にそのように申し上げたら、お二人とも跳び上がられた。それから、伊達本『古今集』などに書かれている定家の花押を何種類か集めて広瀬本のそれと比較したのですが、やはり完全に一致したのです。広瀬本は江戸期の写本ですが、非常に珍しい非仙覚本系の定家本の写本だったのです。さらに、冷泉家に伝わった『萬葉集』の姿を示す、冷泉為頼の写した断簡とも本文が一致する。しかも、奥書を見ると、実朝に贈った『萬葉集』と広瀬本とが一年しか違わない。私は実朝に贈った本の副本と見ていいのではないかと思っています。

——広瀬本の発見は、学界でも大きな話題になりましたね。

片桐　そうです。先ほどは教授会がうるさいと文句を言った話をしましたが、実はそれから、教授会では木下さんと神堀さんがいつも私の両隣に座って、三人で広瀬本のことばかり喋っていました。一番楽しんで大きな声を出しておられたのは木下さんでしょうけれど、周囲の人はやかましいなあと怒っていたと思います。しかし、日常生活の中で、楽しみながら学問について論じ合えたのは、非常に素晴らしい思い出です。

——木下先生・神堀先生ともにすでに退職なさっておられますが、そのような退職なさってしまった先生方との思い出などがおありでしたらお話いただきたいのですが。

片桐　木下さんというのは非常に愉快な方で、一方の神堀さんは真面目で情義に厚い方でしたので、いろいろと感謝しております。もう一人、佐伯哲夫さんという方がおられました。国語学で語順の研究をなさっていて、くそまじめな人なのですが、俳句を詠んで、句集なんかも出しておられる。私と佐伯さんとは二部（夜間）の授業を同じ時間帯でやっていましたので、いつも帰りに一緒に飲みながらあれこれと話をしたことも楽しい思い出となっています。

――最後に、先生がこれからの関大に一番望んでおられることをお教えください。

片桐　先ほども申しましたように、私自身、関大で博士号を取得したわけですが、その後、中世の先生がおられる中で、なぜか私が主査になって狂言をやっている関屋俊彦さんの学位を審査したり、また、同じ専門でも、田中登さんにも着任とともに本を出してもらい、博士号を贈りました。課程博士の方でも、金任淑さんをはじめとして、次々と出ていくのではないかと思っていますし、谷澤さんと交わした約束は着々と実行しています。何かの時に頑張る機会を持つ、というのは人生において幸せなことだと思います。そういう機会が目の前に来た時には、私は避けないでやってきましたし、今後、若い人たちにも、避けないで取り組む人間であってほしいというのが私の偽らざる気持ちです。

27 蔵書のこと
——『毘沙門堂旧蔵本古今集注』と『伊勢物語古注釈書コレクション』——

〈『毘沙門堂本古今集注』のこと〉

——先生は、平成十年（一九九八）に八木書店から『毘沙門堂旧蔵本古今集注』を、平成十一年には和泉書院から『伊勢物語古注釈書コレクション』をシリーズとして刊行開始されましたが、いずれも片桐先生御自身が所蔵されている貴重な本の影印や翻刻とその解題という形になっています。これらの先生御自身の蔵書について、少しお話ししていただければと思います。

片桐　『毘沙門堂旧蔵本古今集注』については、機会があるごとに、たとえば説話文学会の講演などでも購入の経緯を含めてこまかいことまで話したことがあるのですけれども、平成四年五月、私が大阪女子大をやめた一年後、東京での中古文学会で、某氏が重要な話があるというので聞いてみると、ある人が持っていた『毘沙門堂本古今集注』を買わないかということで、びっくりしました。『毘沙門堂本古今集注』は、日本経済新聞社の社長であり昭和を代表する蔵書家である小汀利得さんが持っていたのですが、小汀さんが亡くなられて、松田武夫さんの手に渡りました。松田さんの『新釈古今和歌集』に写真が載っていますから、注意深い人は松田さんの周辺にあったことに気づいていたはずです。

値段は三千五百万ということでしたが、大阪女子大学の学長の退職金を全く使わずにいたので買えるとは思ったのですが、私は家の経済は全部妻に任していて、退職金も全部妻が管理していますから、私一人の判断で勝手に買うわけにはいかない。そこで、「重要な話があるので東京まで出てきてくれ」と妻に電話して東京に呼び出し、もう一日予定を延ばしてホテルで泊まり、それから、「実はこういう話があるんだが、どうしようか迷っているんだ」と言うと、「あなたが長い間働いてもらったお金なんだから、好きなように使いなさい」と言われて、そう言うだろうとは思っていたんですが、非常に感激しました。

早速、某氏に承諾の意を伝え、一ケ月後、初めて新幹線の個室グリーン車というのに乗って現物を受け取りにいきました。間に入っている人への御礼も必要で、最初三千万という話だったのが三千五百万になり、さらに修理代もかかって、というようなこともあったのですが、それはともかくとして、私の持っている本では一番値の高い、また、思い出深い本です。これは全六巻の巻子本で、『未刊国文古注釈大系』にすでに活字になっていますが、誤植も非常に多く、やはり影印本で出さなければいけないと思って影印本として刊行し、せっかくの機会ですから、関西大学大学院で国語史を勉強している斎藤文さんの声点付の索引を付録として付けました。

最近は、せっかく大学院に入っても、自分が指導を受けている先生の授業にしか出ませんが、斎藤さんのように、積極的に異なった分野のゼミの授業に出て勉強していると、目が開け、思わぬ研究業績が加わるものなのです。関西大学の大学院生は、皆さん真面目に勉強はするのですが、自分の世界を広げるという意欲に乏しいようです。好奇心が乏しいように思えます。

〈『伊勢物語古注釈書コレクション』のこと〉

『伊勢物語古注釈書コレクション』については、自分の持っている本で院生の勉強の役に立ち、かつ実績になるものを、とかねがね思っていたので、一部影印の所もありますが、翻刻と解題を中心に関大の院生に担当してやってもらっています。未紹介の古注をはじめ、『伊勢物語』注釈史において意味のあるものを含んでいます。しかし、大学院生だけに任せておけませんので、校正を中心に私の負担も実は大変なのです。

その他、そんな高価な本はありませんが、『伊勢物語』や『古今集』関係については注釈書を中心に機会があると購入しています。昭和五十四年（一九七九）の中古文学会大会、昭和六十年と平成二年の和歌文学会関西例会にと、今までに三回、展観して皆様に見ていただきました。思文閣の『善本目録』の第十一号にも書いたのですが、やはり自分で本を持ってみないと本の善さや価値はなかなかわからない。身銭を切るということは非常に大切なことだと自分自身実感しているわけです。

——最近開催された芦屋市立美術博物館の特別展「伊勢物語と芦屋」は、たいへん見応えのある展覧会でしたが、先生は計画段階から二年間にわたって監修されたばかりでなく、御蔵書もたくさん出品されました。それについて何かありましたら、一言お願いします。

片桐　先程申しました『伊勢物語古注釈書コレクション』に影印したり翻刻している注釈書のほとんどすべてと小松茂美さんから友情の証として贈与された『伊勢物語小式部内侍本切』一葉のほか、江戸時代の『伊勢物語』版本をかなりたくさん出陳しました。

江戸時代に最も大量に出版された文学作品は、西鶴でも芭蕉でも、また八文字屋本でもありません。群を抜いて多いのは『伊勢物語』です。かぞえてはいませんが、百を越えていることは間違いなく、元禄年間などは、毎年のように刊行されていました。作品を作るという創作中心の文学史では『伊勢物語』は疑いもなく平安時代の文学ですが、作品は読者があって初めて作品になるのだという享受の文学史の立場から言えば、『伊勢物語』は江戸時代の文学でもあるのです。そう考えて、私は江戸時代の『伊勢物語』の版本を調べ、また自分でも収集してきたのですが、鉄心斎文庫、東京大学図書館、東京都中央図書館などと並ぶ程度に集め得たと思います。その図録のようなものも作りたいと思っているのですが、忙しくて、なかなかできません。

〈古今伝授資料のこと〉

――前にもお話が出ましたが、昨年（二〇〇〇年度）の大学院の講義に、古今伝授資料の研究をなさり、たくさんの大学院生に写本を二、三点ずつ担当させ、今年にかけて、解題を書かせていらっしゃったとのことですが、それも全部先生の御本ですか。

片桐　古今伝授は、『古今集』をテーマにしているのですが、平安朝時代のものではなく、室町時代、江戸時代の文化であり、常識であると言えますので、中世や近世の文学を研究している人に役立つのではないかと思ったのですが、結果において中古文学ゼミの人だけの出席になりました。それでも国内研修として来ていた他大学の先生の参加もあって、十四、五人で分担して、国文学研究資料館の『初雁文庫本解題』にならって解題原稿を執筆してもらいました。前にも申しましたように関大の『国文学』第八三・八四合併号に出してもらうことになっています。

――大学院生の勉強のために、御架蔵の御本をずいぶん活用しておられますが、それを統括し、原稿を整理統一されるのですから、労力も大変でしょうね。

片桐　大学院生の勉強のためにやっているのですから、責任を持たせるようにやっていますが、翻刻などは、校正を含めて何度も見ています。他の大学教授の著書のあとがきを見ていると、「校正は××さんのお世話になった」などとお弟子さんの名前を書いておられるのを目にしますが、率直に言って、その気楽さがうらやましい。私は単著だけでも三十冊以上本を出していますが、一度も弟子に校正をしてもらったことはありません。それどころか、大学院生の仕事は、私の方が校正を手伝っております。

28　『古今和歌集全評釈』を書いて

——先生は長い間『古今集』の研究を続けられ、すでに『古今和歌集の研究』や『中世古今集注釈書解題』（六巻七冊）を出されていますが、『古今集』研究の言わば総決算として、平成十年に『古今和歌集全評釈』全三巻を一挙に出版されました。このお仕事について、どのような思い出がありでしょうか。

片桐　思い出は本の後書きに書いているのですが、昭和五十三年（一九七八）一月、名古屋大学の集中講義に出講して公務員宿泊所に泊まっていた時に、講談社の今井邦一さんという人が突然宿舎に訪ねてきたのです。用件は、丁度一ケ月前に久保田淳さんの『新古今和歌集全評釈』全九巻が出たところで、それに続けて『古今和歌集全評釈』を出版したいので、やってほしいとのことでした。今井さんは東京教育大の国文出身で、竹下豊さんと教育大の同級生ということが後にわかったのですが、非常に熱心な人で、この人の熱心さがなければこの仕事は出発していなかったんじゃないかと思います。

――そうでしたか。

片桐　私自身、三代集と『伊勢物語』は、生涯の仕事としてぜひやっておきたいとかねがね思っていたので引き受けたのですが、丁度その年の四月に大阪女子大学の学生部長になってしまった。大阪女子大の学生部長というのは、学内でもっとも忙しい役職で、当時、大阪女子大には一学部しかなかったものですから、実質は学生部長兼学部長で、大学紛争の余韻もまだ残っていた頃でもあり、これは大変なことになったなあと思っていると、渡瀬譲学長が五月に急逝されて学長代理を八ケ月もしなければならなくなってしまいました。

というわけで、『古今集』の仕事はほとんどできない状態だったのですが、二年後の昭和五十五年に、今度は学長になってしまい、二十数年お世話になった大学のお役に立ちたいと、四年間、私なりに全力を尽くして学長職に専念しました。その間も、岩波書店から新日本古典文学大系の『後撰和歌集』は出しましたが、『古今集』は大物であるだけに、簡単に片付けることができなかったのです。『古今和歌集全評釈』の仕事を引き受けた年の末には、初めの一巻分はできていたのですが、歌学の根源であり、清輔・顕昭・俊成・定家・宗祇・三条西実枝、さらに契沖・真淵・宣長などのそうそうたる先人によって研究が続けられてきた『古今集』を、いい加減な気持ちではできないと思って忙しい時には手をつけなかったし、実際、手をつけられませんでした。

――それで、どうされたのですか。

片桐　平成三年に学長の職を終えて、これからやろうと思ったけれども、その企画は、とっくに消えましたと言われるのではないかと、恐る恐るお伺いを立てると、早速やってくれとのことで、引き受けてから実に二十年かかって、やっと出来上がったのが平成九年、一九九七年の十一月六日です。一九九六年の一年間、関西大学に勤務して五年にも満たないのに、国内研究員として講義を休ませてもらえたことが非常にありがたかった。この一年間がなければ刊行はさらに遅れていたでしょうね。

この『古今和歌集全評釈』は、冷泉家時雨亭文庫所蔵の嘉禄二年の定家自筆本を使った最初の注釈書であり、今から考えるともっとくわしく書くべきだったと思う点も多々あるのですが、このような注釈は、一人でやっていると、すべてに詳しくということは望めません。お弟子さんに作業を手伝わせている場合は別ですが、一人でやっていると、「もうしんどい、次の歌に進もう」と思って、つい筆を急がせてしまう場合があって、今から考えると、あそこでもっとこだわっておくべきだった、ここをもっと詳しく書いておくべきだったと思う所が多々あって反省しきりなのですが、【注釈史・享受史】の項目や【鑑賞と評論】の項目は、自分以外の人には書けなかったことを書いたと思っております。これらは、その一項目がすべて一つの論文になるものなのに、忙しくてまとめられなかったものですので、若い人々によって、今後発展させてもらいたいと思っております。

特に『萬葉集』と『古今集』は絶縁している、歌風・表現がまったく異なるという人が多いのですが、私は、そうじゃないと思っていますので、この点を意識して、何度も問題にしました。

――たしかに、そうですね。

片桐 それほどにがんばった『古今和歌集全評釈』ですが、一箇所、とんでもない誤りをしていますので、お詫びかたがた、この点をここで御報告しておきます。

中巻・九五一頁2行の「○菅野忠臣＝」以下6行までを次のように訂正してください。

> **○菅野忠臣**＝『三代実録』では「菅野朝臣直臣」と記されている。百済の渡来人の後裔。元慶三年（八七九）、従五位下で中宮大進。仁和二年（八八六）には従五位上皇太后宮大進、さらには皇太后宮亮に補せられた。この中宮・皇太后宮は二条后高子のことである。なお、『古今和歌集目録』には「詩人、唐名達音、是歟」とあるが、これは「田達音」とも呼ばれた嶋田忠臣との混同である。

要するに、恋五・八〇九番歌の作者菅野忠臣の説明に、何故か、秋上・二一二番歌の作者藤原菅根《すがね》朝臣《あそん》の伝を書いてしまったのです。どうしようもない間違いですが、これは、福岡の目加田さくを先生がわざわざ電話してこられて教えてくださいました。恥ずかしい限りです。目加田先生とは、歯に衣着せない物言いに共通点があるとお思いなのか、ずいぶん親しくお導きいただいております。それだけにこのミスは恥ずかしい限り、穴があったら入りたいという気持ちです。

29　楽しみながら全力投球

――先生は『古今和歌集全評釈』を終えられたあと、先生のまさにライフワークとも言うべき『伊勢物語全評釈』の仕事を始められたとお聞きしております。その構想、あるいは抱負について、さらにあわせて、今後お考えになっているお仕事についてもお話しください。

片桐　今までお話してきましたように、『古今集』と『後撰集』については注釈らしいことをしましたので、あと『伊勢物語』と『拾遺集』については絶対やっておきたいと思っています。

この前の和歌文学会関西例会の懇親会でも言ったことですが、平安文学は専門家でなくてもできるというような安易な認識を、国文関係の大学教員の中にも持っている人が多いのではないか。平安文学は素人でもできるというような、そんな雰囲気を与えてしまっているのではないかと思います。しかし、平安文学の専門家だと言っている人でも、きつい言い方になるけれども、実はほとんど素人だと私は思っているのです。玄人でなければできないという、そして自分こそ平安文学研究者だという意識と方法と能力を持っている人は、非常に少ないのではないでしょうか。

――耳の痛いお話ですね。

片桐　平安文学全体についてそう思っているのですが、特に『伊勢物語』については素人向きの作品という印象があるのか―それはまた、『伊勢物語』の魅力でもあるのですが―、感想や思いつきだけで論文を書いたり注釈を書いたりしている素人学者が圧倒的に多いように思います。私は、みずからの長い間の『伊勢物語』研究の総決算として、これこそ玄人の注釈だという注釈書を出したいと思っているのです。今、『伊勢物語』の研究の状況を見ると、かつて私が立てた成立論について、大きな声で反論しさえすれば学者として認められるという雰囲気ができてきました。あまりにも常識がなく、あまりにも読解力がなく、加えて言えば、頭の悪さまる出しの論が多いので、それらの一つ一つに反論してこなかったのですが、これから書く注釈の中では、一つずつ、きちんとした形で対応したい。また作品を読むというのはどういうことかということについても、併せて示しておきたいと思っています。

『伊勢物語』は『古今集』に比べると量は少ないので、それだけ注釈の内容もかなり凝縮して書けるのではないでしょうか。平成十四年（二〇〇二）の春に関西大学を定年退職したら、早速とりかかって、『古今集』の注釈は二〇年かかりましたが、今度は五年ぐらいで出したいと思っています。続いては和泉古典叢書の『拾遺和歌集』をやらなければなりませんが、売れない本ばかりお願いしているお詫びに、私が売れると勝手に思い込んでいる本（さて、何でしょう？　お楽しみに！）を、むしろ前に書いて和泉書院から出したいと思っています。関西大学の定年退職は目前に迫りましたが、フリーの研究者としてはまだまだやりたいことが山積していますので、研究については、さらに五年の停年延長をみずからに課して、がんばってみたいと思っています。

——先生は、大阪女子大学の学長を四年間なさいましたが、それ以前も学生部長や学長代理など、縁の下の力持ちといってよいような大変な仕事をこなしてこられました。また関西大学においても、大学院の改革などにかかわりながら、たくさんの学生、大学院生を育成してこられました。私どもが驚くのは、その忙しさの中で、次々と研究書を出されることです。その力の秘密はどこにあるのか、最後にその秘密を公開してくだされば と思います。

片桐　秘密なんて何もありません。「しんどい、しんどい」と溜息をつきながら、勤務している人を、よく見かけますが、そういう人は、自分はこの仕事を嫌々やってやっているのだというポーズをとっているのです。そういう人に「何様だと思っているのだ、嫌ならさっさとやめろ」と私は言いたい。そりゃ、人間ですから、嫌なこともあるでしょう。しかし、嫌だなどと言う資格が自分にあるのか、と自省してみることも必要です。と考えると、自分で楽しまなければ生きていけません。すべてを楽しみながらやりますと、すいすいと事が運びます。「楽しみながら全力投球」、これが私の元気の秘密だと言ってよいのではないかと、最近思っております。もう少し楽しんでみますので、よろしくお願いいたします。

片桐洋一略年譜

昭和六年（一九三一）　九月五日、大阪市西区に生れる。

昭和十三年（一九三八）　布施市立第三小学校入学。一年生第一学期を終えて父の任地旧満州国奉天市（今の中華人民共和国東北の瀋陽市）へ渡り、奉天高千穂小学校に転入学。

昭和十九年（一九四四）　四月、奉天第二中学校入学。

昭和二十年（一九四五）　八月、敗戦。

昭和二十一年（一九四六）　九月、引揚船にて帰国。十一月に兵庫県立明石中学校に転入学。

昭和二十五年（一九五〇）　学制改革によって高等学校となった兵庫県立明石高等学校を卒業。四月、京都大学文学部入学。

昭和二十七年（一九五二）　四月、国語学国文学を専攻。

昭和二十九年（一九五四）　三月、京都大学文学部（国語学国文学専攻）卒業。四月、同大学院文学研究科修士課程（国語学国文学専攻）に進む。

昭和三十四年（一九五九）　四月、伊藤正義氏とともに神戸市の松蔭高等学校で非常勤講師を勤める。十月、大阪女子大学に助教授として赴任。それに伴って三月に所定の単位を取得していた京都大学大学院博士課程を退学。また専任となっていた神戸市の松蔭高等学校を退職。

昭和三十六年（一九六一）　四月、則岡和代と結婚。京都大学文学部非常勤講師を勤める。以後、昭和六十一年度まで、京都大学のほか、大阪大学・大阪市立大学・奈良女子大学・名古屋大学・金沢大学・群馬大学・松蔭女子学院大学・龍谷大学・藤女子大学・南山大学などの非常勤講師を歴任。併せて国文学研究資料館収集員・同調査員・同特別調査員・同共同研究員などを歴任。

昭和四十年（一九六五）　（『後撰和歌集総索引』刊行）

昭和四十一年（一九六六）　（中古文学会第一回大会）

昭和四十二年（一九六七）　（『一条摂政御集注釈』刊行）

昭和四十三年（一九六八）　（『伊勢物語の研究〔研究篇〕』刊行）

昭和四十六年（一九七一）　（『中世古今集注釈書解題』刊行開始）

昭和四十七年（一九七二）　（『拾遺和歌集の研究　校本篇・伝本研究篇』刊行）

昭和四十八年（一九七三）　四月、国内研修員として天理大学（天理図書館）に長期（一年）出張。

（神戸平安文学会発足）

昭和四十九年（一九七四）　四月、大阪女子大学教授となる。

（『私家集大成』刊行開始）

昭和五十年（一九七五）　（『小野小町追跡』刊行）

（『陽明叢書』刊行開始）

昭和五十二年（一九七七）　四月、大学院文学研究科修士課程の設置に伴い、大学院担当教授となる。

（『拾遺抄―校本と研究』刊行）

昭和五十三年（一九七八）　四月、学生部長に就任。任期は二年。

五月、渡瀬譲学長の急逝に伴い学長代理を勤める。翌年一月末日まで八箇月に及ぶ。

昭和五十七年（一九八二）　六月、大阪府在外研究員としてアメリカ合衆国・イギリス連合王国・アイルランド共和国へ出張、在外日本古典文学資料を調査。

昭和五十八年（一九八三）　（『新編国歌大観』刊行開始）

昭和五十九年（一九八四）　六月、文部省の公立大学助成金による在外研究員として、ドイツ連邦共和国・オランダ王国・スエーデン王国・イギリス連合王国・アイルラン

昭和六十二年（一九八七）

ド共和国へ出張、在外日本古典文学資料を調査。

六月一日、大阪女子大学長となる。任期四年。この間、関西地区大学セミナーハウス理事・大阪科学技術センター評議員・大阪府立工業高等専門学校教員選考委員・大阪府立図書館協議会委員・大阪府児童文学館理事・大阪府山片蟠桃賞選考委員・財団法人冷泉家時雨亭文庫編集委員などを勤める。

昭和六十三年（一九八八）

（『鉄心斎文庫伊勢物語古注釈叢刊』刊行開始）

平成元年（一九八九）

十月、オランダ博覧会ダッハランド大阪の記念行事として大阪府大学・オランダ大学交流団団長としてロッテルダム・エラスムス大学とライデン大学を訪問。

平成三年（一九九一）

四月、アメリカ合衆国カリフォルニア州立大学バークレイ校へ出張。

五月三十一日、任期満了により、大阪女子大学長を退任。併せて大阪女子大学教授（兼任）を依願退職。

（関西平安文学会発足）

六月一日、大阪女子大学名誉教授の称号を受ける。

十月一日、関西大学文学部教授に就任。

平成四年　（一九九二）　三月二十五日、『古今和歌集の研究』により、関西大学博士（文学）の学位を受ける。
（『八雲御抄の研究　枝葉部・言語部』刊行）
（『冷泉家時雨亭叢書』刊行開始）

平成五年　（一九九三）　この後、現在に至るまで、文化財保護委員会調査専門委員、大阪府山片蟠桃賞選考委員、兵庫県立文学館設立準備委員、財団法人冷泉家時雨亭文庫評議員・研究委員を委嘱される。

平成七年　（一九九五）　十月一日、関西大学大学院文学研究科長に就任。（平成七年九月三十日まで）

平成八年　（一九九六）　四月一日、神戸女子大学大学院非常勤講師を委嘱される。平成八年度を除き、現在に至る。

平成十年　（一九九八）　四月一日、関西大学国内研究員として研究に専念。（平成九年三月三十一日まで）
（『古今和歌集全評釈』刊行）

平成十一年　（一九九九）　（『伊勢物語古注釈書コレクション』刊行開始）

平成十三年　（二〇〇一）　十一月一日より十六日まで、フランス共和国国立東洋言語文化研究所特別招聘教授として出張講演。

平成十四年（二〇〇二） 三月三十一日、関西大学を退職（予定）。

平安文学五十年

2002年２月17日　初版第一刷発行©

著　者　片桐洋一

発行者　廣橋研三

発行所　和泉書院

〒543-0002　大阪市天王寺区上汐５－３－８
電話06-6771-1467／振替00970-8-15043
印刷・製本／亜細亜印刷　装訂 森本良成

ISBN4-7576-0144-1　C1095　定価はカバーに表示